致

藍真李蕙

假作真時真亦假，無為有處有還無。

曹雪芹《紅樓夢》

楊凡

芳華虛度

繼園臺

二〇一二年開始在已成過去的《壹週刊》寫專欄，每個星期交稿一千六百字上下，試圖用章回小說的方式，寫下香港臺灣從五十年代開始的似水流年。共寫了五十九篇。

《芳華虛度》開篇，寫的是一個臺灣嘉義眷村生長的中學秀麗女生，上世紀六十年代隨著母親移居香港，在街頭被星探發掘，做了紅極一時的時裝模特兒。命運弄人，她的男朋友居然被自己親生母親橫刀奪愛，之後她嫁入豪門，相夫教子，卻發現前途似錦的愛子染上世紀絕症，痛不欲生……

奇怪，寫了十七個禮拜的文章，怎麼不到一百個字就把故事講完？

奉信毛姆金句「文章下筆要像電報」，口頭說是文章寫完要將文字反覆揣摩，冗詞陳句一概不留，為的是有朝一日，溫故知新，可以斷然無悔。無奈心口不一。居然將其中三篇，拍攝成一部長達二小時的動畫電影，考驗觀眾耐性。

棄影從文的十年中，被眼光凌厲的邁克老師如此敍寫：為了出風頭而一個不小心寫上癮的楊凡……

真是一針見血。為什麼要寫作？有話要說嗎？話說的對嗎？有建設性嗎？有人要聽嗎？還有國家民族道德觀念呢？份量輕重？一切種種。可能沒顧慮到那麼多。於是拿起那現成的三萬五千字，變本加厲，重新加油添醋，絕不自我反省，必須暢所欲言，有話要說，笑罵由人。把電影中人物的前傳後事，周遭人物，大小點滴，繼續發揮，以滿足讀者的好奇。

於是有了這本《芳華虛度．繼園臺》。

目錄

繼園臺

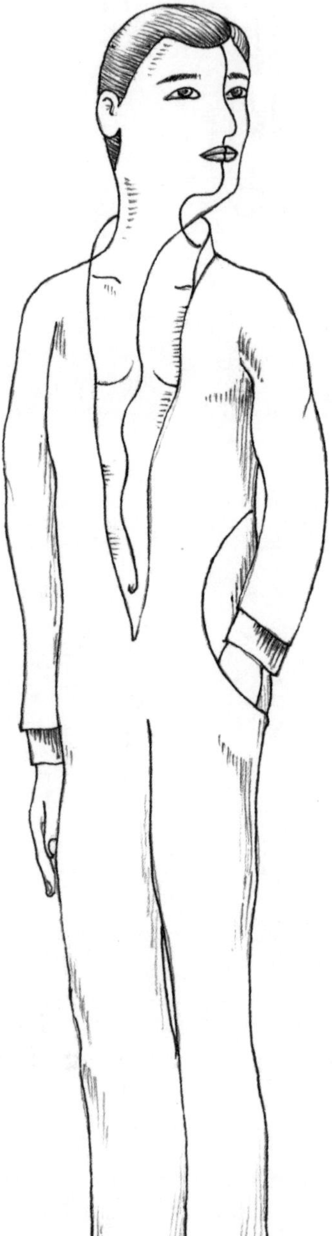

青春夢裏人

二人正聊得如癡如醉，不覺窗外的夕陽已漸西沉。這兩個喜歡文字遊戲的男女，忽然找到歧路上的共同點；時間過得怎麼那麼快，在這春風沉醉的黃昏。

那天子明打完球，換好衣服，離開香港大學的時候，大約是下午四點半。

六十年代的香港，到處還有許多亞熱帶的木棉樹。早春時分會開出血紅的花瓣，隨著天氣漸暖，那紅色的花就會蛻變成堅硬的果實。春天尾巴來臨的時候，白色的棉絮就會破殼而出，隨風飄蕩，像是雪花片片，煞是好看。

子明走在路上，坐在電車，隨著棉絮的指引，往北角方向一路順來，風景和上中環迥然不同。路上行人的步伐，就比中環緩慢幾許，街邊的雜貨店和食肆，迎風而來，都帶著濃厚的「外江味」。

或許會碰上美麗的上海小姐問路，大白天穿著明艷的旗袍，用吳儂軟語嗲一聲：「沙沙儂，哪能去麗池夜總會？」子明會用標準的廣東話禮貌地回答：「唔好意思，我都係第一次來北角。」那帶有風塵味的小姐「哦」了一聲，用貪婪的眼光不消一秒就將子明整個人掃描入眼，然後說了聲「唔該」，轉身而去。

雖然六十年代已是這「小上海」[1]的明日黃昏，但在藝文的小圈子裏，還是津津樂道地談論何人何時住在誰家的隔壁又寫了本影射誰人的小說。司馬長風先生那時就住在繼園街。街口的英皇道上有家照相館，張愛玲的標準照都打有「蘭心」的水印和簽名。

來到北角繼園臺[2]七號，那是一棟五層樓高的戰前舊樓，坐落在英皇道的山坡上。夕陽照射在長滿綠苔的外牆，雖然各戶窗花的顏色都表述出各自的歷史與個性，在那敗瓦頹垣的底色下，仍露出往昔的傲氣，卻不失優雅，看得出以往也是人間天堂。

這區以前叫做七姊妹，海邊有座七姊妹泳棚，遊人如鯽，後來一路填海，就有了英皇道。四十年代廣州南天王陳濟棠之兄弟陳維周，在這裏蓋了大宅門「繼園」。當時紅牆綠瓦，鳥語花香，加上寶馬山流下的數條清澗，也算得上是人間天堂。可惜亂世桃花逐水流，不消二十來年的光景，如今都付諸東流。

但是繼園臺七號那草綠配鵝黃的磨石子樓梯，仍然清掃得一塵不染。

子明上樓梯的時候，有一種感覺，會是怎樣的人，住在如此素淨的地方？

他拿出口袋中寫下地址的紙條，走到三樓的門口，看見門框上掛著一條紅色「招財進寶」喜條，開始感到有些俗氣。按了門鈴，不一會兒，大門上的小木窗打開，隔著黃銅小窗花有對三角眼疑惑地望子明，粗聲粗氣道：「儂尋啥銀？」子明禮貌地說：「我是范子明，約了虞太太，是來替她女兒補習英文的。」那男士把小木窗關上，用上海話大聲叫了幾句什麼太太有什麼人找你補習什麼《霸王別姬》之類的說話。

大門打開，子明看見屋內的擺飾有如一個京劇主題的古董店。三百來呎的客廳堆滿了戲班中的各式道具，騎樓掛滿了大小的雀籠，裏面的鳥雀吱啐個不停。牆上則是京劇國畫和大小生活舊照片，沙發上鋪著刺繡的椅墊，大紅大綠的舞臺色彩誇張地滲透了客廳的每一個角落。紅木家具下有一隻從來陌生的小動物，到處爬行，原來是罕見品種的波斯貓。

那隻波斯貓突然跳上了子明面前的玻璃桌。子明善意的走近，想要撫摸，那貓卻又突然跳走。

貓兒來到垂掛著彩色珠簾的玄關處，一雙戴滿飾物豐潤的手奢侈地將貓兒抱起。

那有分量的女主人梳化一個需要功夫的雞窩頭，穿著上等料子的彩虹印花旗袍，臉上非常禮貌地堆砌著脂粉，手上那隻祖母綠的翡翠鐲子閃耀著水汪汪的色澤，顯然不想讓任何人忽視；女主人那與眾不同的肢體語言，更是直截了當地告訴你，她確實曾經有過燦爛的戲劇人生。她朝著子明方向走來，子明正想禮貌招呼，她又一轉身往餐櫃的方向走去。站在齊白石冊頁旁的那塊嵌金水晶美人鏡前，望著鏡子中的自己，就好像登上舞臺似的，說話。

小老弟，阿國說你要找我補習什麼來的？您真是消息靈通，居然會搭上線在這裏找著了我。可告訴你，小老弟，淪陷後來到香港，我可就沒有見過任何的什麼新聞記者。

京片子字正腔圓。那女主人停下來舒口氣，眼睛往櫃檯上十來張鑲嵌在紋銀鏡框上的照片一瞄，有意無意間，指引著子明的視線，讓這個青年人也隱約了解自己輝煌的過去。之後趕緊再入主題。

這十來年，我可修身養性，隱名埋姓，窩藏在這個小上海，什麼人也不見，什麼學生也不收，就只有專心一意的拜佛……

說到這裏，女主人又轉身走到子明身旁，仔細地瞧看了他兩眼，心目中好像有些打算，對子明說：阿國說您要找我補習什麼來的？

女主人輕輕地作勢，伸手要摸子明，子明不自覺身體往後微傾，那女主人的手忽然變得像蜘蛛一樣，四處撫摸子明的胸膛。子明慌張地嚥了嚥口水，尷尬地拉開她的手。

那女主人停下手，一本正經地說：您的身型是武生不是花旦，我本行是花旦，您不適合找我補習。

子明不解地說：我是來替虞太太的女兒補習。

那女主人皺下眼眉，不悅地說：什麼？虞太太？我的私房戲雖然是《霸王別姬》，但是我姓梅，不姓虞。您要找的虞太太是三樓，我的樓下。廣東人把一樓叫做地下，一字樓就是二樓，三樓就是二字樓，下一層。我這兒是三字四樓，廣東人的習慣叫法難道您這廣東仔都不清楚？您要找那位臺灣來的虞太太，就住在樓下，二字三樓。

這位自認為再世虞姬的梅太太，一路說話，一路彷彿走著碎步表演自己身段。演完她的獨角戲，一轉身就消失在她的睡房門口。那孔武有力的管家阿國打開大門讓子明下樓。房間裏那頭波斯貓咪蹓了出來，身子透明似地穿越了牆壁，魔幻似地穿過子明的腳步，偷偷地進入了二字三樓虞太太的家。

窗外樹影晃動。

虞太太坐在露臺的落地窗前，手中拿著一本蕭紅的《呼蘭河傳》靜心閱讀，座椅旁的茶几有杯鐵觀音，還有一枝鋼筆，似乎準備在書上做眉批。虞太太偶爾拿起桌上的茶杯，不見品嚐，卻望著窗外發呆，似乎希望時間停止在某個陌生的空間，再去尋找一些得不到的希望。

鈴聲打斷虞太太短暫的留白，慢慢站起，走向門口。打開木門上的小窗子，聽見子明報上姓名，就請他進入了房間。

今天第一天來補習，我女兒就遲到，真不好意思；我去給您沏杯茶，你隨便坐啊。那婦人說完話便獨自往廚房去。

子明趁便瞄視了一下這簡單公寓的一切。靠近廚房的一個角落整齊地放滿了印著西洋商標的紙貨箱，這也適當，因為聽說女主人是舶來奢侈品的臺灣買辦；

另一個角落卻堆滿了書籍，擺放在修竹的書架上還不夠，地板上也放了一摞摞。這個角落的書本，看來本本都曾仔細翻閱過，立即出賣了女主人對文字的飢渴。牆壁上也不見任何吊鐘掛曆和裝飾，只簡單地懸了一幅魯迅柯羅版的書法立軸。

廚房傳來杯盤的清脆響聲，子明朝著聲音的方向轉去，看見虞太太修長的背影，在廚房內移動。再回頭，看見書桌上有本書，順手拿起，打開書頁，還有筆跡未乾的眉批。子明的手撫摸在書頁上，像是撫摸肌膚一般，不知是否自己的手汗，再次濕潤了那乾枯的墨水，卻又沾污了他的手指。

子明望著手指上的墨水，聽見有人在耳邊細語：第一次來到別人家裏，就到處亂翻，好學也不是這樣。

子明急忙轉身左張右望，似乎望見剛才馬路上與他搭訕的女子。再定神，卻原來是自己做賊心虛。正在狐疑之時，腳邊傳來一聲貓叫，那隻梅太太家裏的波斯貓快速地在他眼前蹓過，跳上了客廳一角的矮櫃，回頭瞧了子明一眼，就跳出窗外。

子明走向矮櫃，看見一個相框，框著一位美麗女孩，豆蔻年華，巧笑倩兮，

散發出濃濃的時代氣息。這個女孩應該就是自己的補習學生吧，他想，也只有這照片裏的摩登，可以把奢侈二字與這間房子扯上關係。

虞太太端茶出來，看見子明望著書桌上的照片，笑道，這是我女兒做模特兒拍的照片，攝影師特別喜歡，就洗了一張送給我們。子明奇怪這女學生還有別的工作？不是做學生唯一的目的就是把書讀好嗎？虞太太說女兒從臺灣來到香港，雖然在學校成績也不錯，但是最嚮往就是英國文學，所以更加需要補習一下英文來充實自己。子明好奇這女學生兼差些什麼模特兒？

虞太太說：其實只要自身能正，也就不反對了；每一個人將來都要進入社會，如今可以早點拿到一些經驗，總比老待在家中或象牙塔裏強得多。

虞太太一邊替子明倒茶一邊說：范同學，聽說你在香港大學英文系是高才生，喜歡看些什麼樣的書呢？子明告訴她，雖然修的是濟慈的詩，但是最喜歡看的卻是普魯斯特的《追憶似水年華》。那是本怎麼樣的書？子明說這是本相當於曹雪芹《紅樓夢》的書。虞太太聽見這本書和《紅樓夢》有關，眼睛突然放出異樣的光彩，想要知道更多。

子明說，這是一位沒落貴族花了一生去寫的書。講的是十九世紀末法國貴族的生活，糜爛頹廢墮落卻又寫實，一共寫了七本，出版到第二本時，普魯斯特就過世了。出版之後文壇認為這是絕世傑作，卻又因為描寫過分仔細冗長，並不是一般人有耐心去欣賞。就像中國的《紅樓夢》一樣，每個人都知道這是經典作品，但是到底有多少人看過這本書呢？

虞太太聽見子明這樣說，也就隨意地問，你看過《紅樓夢》？子明說道當然。兩個人的話匣就這樣打開。虞太太並不十分鍾情於寶黛和薛寶釵之間的三角戀情，卻對書中一些側面人物反覺描寫深刻，更加可以細嚼慢嚥。虞太太說自己特別喜歡《紅樓夢》第一百一十二回，妙玉被盜人用迷魂香綁走時的形容，說這大觀園目空一切的妙齡道姑，潔淨一輩子的幽蘭，忽遭暴雨，深陷污泥，但是作者卻用了「如醉如癡」來形容。或許亦可算是不幸中之大幸，妙玉被壓抑了一輩子的慾念，終於得到解脱。文章中「如醉如癡」四字的形容，虛筆留白，真是可圈可點。

他們從《紅樓夢》的太虛夢境，講到林黛玉的癡，賈寶玉的迷，薛寶釵的厲，然後又談到《追憶似水年華》的慢。子明興奮地說，一個失眠夜普魯斯特可以花四十頁去描寫，又說托爾斯泰的《安娜卡列尼娜》寫了一百多頁，女主角都還沒出場呢。舊時代的人真有的是時間！二人異口同聲地說。

子明望著這素淨的婦人，雖然她有著獨立時代女子的樣貌與思想，但是在她內心的深處，是否也像妙玉一樣，等著某些不知所以然的暴力，將她的規矩打個稀巴爛。

子明開始留意虞太太的坐姿，她雙腿並攏疊合著，總會坐一半的沙發，這樣腰才會直挺。腳上穿著一對繡花拖鞋，淺啡色的緞子繡上深藍色的修竹。剪了一個並不時髦的短髮，穿著一套陰丹士林的旗袍。整個感覺完全沒有時代的標誌，但是很奇怪，子明似乎在這中年婦人身上，感覺到一種超越時代的時髦。

請您告訴我多一些《追憶似水年華》，那麼有趣的一本書，真想馬上得到，馬上讀。虞太太說。您可以替我找一本好的中文翻譯嗎？子明告訴她現在還沒有中文翻譯，或許某天他會嘗試。

二人正聊得如癡如醉，不覺窗外的夕陽已漸西沉。這兩個喜歡文字遊戲的男女，忽然找到歧路上的共同點；時間過得怎麼那麼快，在這春風沉醉的黃昏。

說著說著，女兒的歸家打斷了子明一些不必要的遐想。

開門進來的女兒，穿著剪裁寬鬆的學校制服，卻也掩蓋不住那十八歲早熟的身材。清湯掛麵的髮型，在夕陽與燈照的側影下，卻也顯露出噴髮膠的痕跡。雖然臉上還帶著些少尚未洗淨的胭脂，指甲間也留下了尚未抹去的蔻丹，美顏中帶著青春的威脅，嘻笑中仍保留住純真的呼吸，無敵的年華。

女兒親熱地叫了聲：媽，我回來了。

母親站起身子上前接下女兒的書包和工作袋，充滿著愛意地撫摸著女兒的臉，說道：今天怎麼這麼晚，看，頭髮噴上膠水又吹來吹去，很傷的喔。妝也下的不乾淨，胭脂口紅的痕跡都還在，看，連指甲油都沒洗。走在馬路上被人望著，會笑話的。

女兒調皮地說：我就喜歡被人望著，以前還有人說我可以做電影明星呢。

那美麗的女孩伸出手調皮地將十個手指在母親前面搖晃，笑著說，我這「露華濃」新出的指甲油還是特別留給妳看的，我覺得妳應該替蘭姨進些貨，這個顏色老少皆宜，在臺北的委托行[3]一定會有人排隊搶購。媽，今晚做了些什麼好吃的？虞太太則說，就是惦掛著吃，范同學都來了好一陣子，還不叫聲「范老師」。

女兒叫了一聲「范老師」，然後一邊說話一邊拿了茶几上虞太太的杯子，就往嘴巴裏送，眼睛卻悄悄在打量這位新來的補習老師。母女二人有說有笑，形態自然，像是同一枝草根上的兩生花。

子明望著這對母女，分析她們之間的不同。含苞待放的花朵每一個普通人都懂得欣賞，然而落日餘暉時那短暫的千變，確實可遇而不可求。子明也不是一個世故的人，他對女人的一切都只是在電影上看到。這房間裏的母女，一個是《魂斷巴黎》中的伊麗莎白泰勒，另一個是《金屋淚》中的西蒙薛妮。贏得奧斯卡金像獎的是後者。

虞太太說，快，進房去換件衣服。今天給妳做了湯圓，慶祝妳第一天正式補習。女兒說，那我快點換好衣服，快點補習，也可以快點吃湯圓。說完，一個轉身就進了臥房。

遠景北角的繼園臺一剎間已是萬家燈火。補習桌上子明收下自己散野的心，讓女兒打開《簡愛》的第一頁，上面寫著：「那天，出去散步是不可能了。」

似乎樓上那頭幻覺中的黑貓又在客廳中蹓過。

虞太太從廚房端了兩碗湯圓出來，望著書桌上的年輕人，確實也郎才女貌。她不禁多望了子明兩眼，這個男孩穿著一件白色短袖的棉襯衫，裏面一件利工民汗背心。縱使是隔了兩層的布料，都掩蓋不住那無敵的青春，隱約也可以感覺肌肉的顫動，挑引出一種撫摸的慾望。虞太太為了這個從未有過的念頭，有點自責。

卻又在這刻，子明忽然轉頭回望。虞太太的臉頰感覺一陣暈紅，勉強走到書架隨便選了一本書，再轉身走回自己房間。

似乎窗外那對黑貓的眼睛，還是望著躺在床上的虞太太，雖然休息半晌，心頭那一陣昏眩仍然沒有過去。畢竟這是她四十年來的第一個春天。

1 「小上海」 五十年代，不少來自上海的移民聚居港島東部的北角。他們帶來了固有的文化和生活方式，自成一格，因此北角曾有「小上海」之稱。

2 「繼園臺」 香港島是座山城，許多大宅都會依山而建，取其景觀。為了平整地基，人都先用水泥砌成平臺再打樁起樓，於是就有了許多動聽的名字，像清風臺、西摩臺、羲皇臺等。

3 「委托行」 五十至八十年代，因臺灣政府嚴格管制進出口貿易，又禁止奢侈品進口，促成委托行出現。委托行專賣洋酒、洋煙、化妝品、家電等各種舶來品，貨品由船員、留學生、民眾等自香港、日本、美國等地帶到臺灣，賺取一買一賣間的差價。

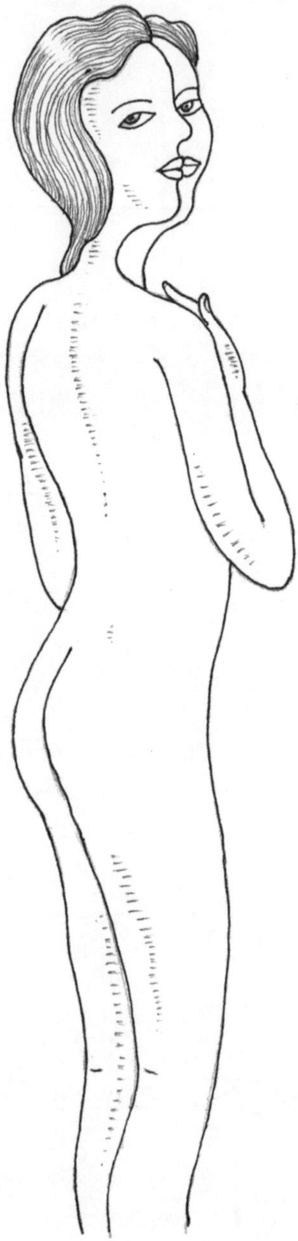

金屋淚

那曼徹斯特的山頂，在月光下，雲層特別黑白分明。二人坐在開篷的車中，感覺空氣中也有音樂，享受整個月明雲亮的夜晚。

於是，子明終於説服虞太太單獨與他看電影。

那是皇都戲院[1]的廉價早場，演的是西蒙女士的黑白舊片《金屋淚》。觀眾著實不多，虞太太也比較寬心，不會碰到熟人，但還是穩當地戴了一副太陽眼鏡。

男主角夏飛先生是個典型的英國憤怒青年，煙不離手，一出場就一個個煙圈從銀幕上噴出。他走在馬路上，抽煙，回到辦公室，抽煙，坐在巴士裏，抽煙，回到家中，抽煙，看見女主角孤獨站在路燈下，當然也是吊著一支煙上前安慰。

那大銀幕上的西蒙女士，完全法蘭西口音，眼睛像首怨曲，眼睛訴説感情，自然也是煙不離手。然後將手中的香煙放入夏飛先生口中。

看著大特寫的夏飛先生張口接煙，含情脈脈地望著西蒙女士，噴口煙，説道：妳怎有那樣多的憂愁，我又是那樣的愛著妳。然後將香煙交回。

西蒙女士接過夏飛先生的煙，再徐徐吸一口，説道：要是你現在認識的是十年前的我，那該多麼美好。

夏飛先生説道，我愛的是現在的妳。我不想過去。沒有過去值得我緬懷，我只有未來去創造。

銀幕上近景，二人在車中互相擁抱愛撫狂吻。音樂再將畫面溶為遠景，只見那曼徹斯特的山頂，在月光下，雲層特別黑白分明。二人坐在開篷的車中，感覺空氣中也有音樂，享受整個月明雲亮的夜晚。

偌大的皇都戲院廉價早場，真正的知音怕也只有十來人，幻想著和銀幕上男女主角來一個感情的交流。其他還有十來人是害怕時間無法打發的老人，孤獨地坐在戲院中，只要有音響和畫面，在黑暗中也可尋找一些莫名的慰藉。

在香港的電視還未啟播的日子，當追尋快樂開心歡笑尚未伸手可及的年代，電影當然是大眾娛樂的主流。那時香港所有的戲院，不論是首輪或是二三輪，都會放映壹圓或八角的廉價「早場」和「公餘場」。主要是讓那些喜歡電影的人們，還有省錢的機會補看到自己心儀的電影。

那時每家戲院的廉價早場都會有自己的形象。首輪西片院線當然選擇高級的歐美影片，邵氏國泰的戲院，並不一定會選映他們自己的出品，很多時候也是八大公司的主流舊片，左派的院線當然是清一色的進步電影，工廠區或新界離島，則會選擇平易近人又接地氣的白雪仙任劍輝白燕張活游的粵語影片。那時戲院票房當眼處總有一張水牌，清楚的列出本月份早場戲碼，有些更會印成卡片，或許配上一張明星照片或下期公演的廣告，讓影迷一來做個備忘，二來也有收藏價值。

戲院通常會向發行公司預定拷貝，然後由「跑片」的苦力騎腳踏車送到戲院，放映後再轉送到下一間預定的戲院。受歡迎的影片往往一個月每天都在路上疲命奔跑，冷門的，就可逃過放映機齒輪刮花或斷片的命運，在片庫冷宮中保養自己的顏容，等到某一天被知音的戲院經理選上，仍可乾淨地與忠心的小眾影迷見面。

這種運作方式，川流不息，卻又井井有條，從不出錯。

看早場電影的那些日子裏，子明數下自己保存多年上千張的皇后娛樂豪華樂聲真光太平利舞臺的「早場卡」。看著那些百花齊放的片名，似乎全都屬於自己的回憶，其樂真是無窮。六十年代的早場，居然可以看到三十年代嘉寶的《茶花女》，拷貝完整無缺，那時子明覺得真是奇蹟。這些傳說中電影在香港的存在，可真就是他的另一個世界。

《金屋淚》拍成的那年子明才十三四歲，當然不可能也不懂得體會。少年之後，沉迷文藝之際，在廉價早場偶然遇上此片，從此著迷女主角西蒙女士。雖然西蒙女士憑著片中怨婦角色贏得奧斯卡金像獎，但是在娛樂掛帥的香港，這部小眾電影本應自然消失，不知什麼緣故，子明認識虞太太之後，又奇蹟似的在廉價早場中出現。

虞太太以前也喜歡看電影，學生時代最愛王人美[2]，喜歡她那倔強的眼神。到了臺灣，做了虞太太，又做了眷村小學的校長，基本上就很少有機會看電影，除了一兩次在嘉義和虞爸爸之外，從來沒有單獨和男子一起看電影，更何況是比自己年輕二十歲的大男孩。

虞太太感慨地問子明：你為什麼會帶我看這部電影？這是中年婦人和年輕男孩的戀愛，世俗社會是不允許的。

子明說，但是真實的社會裏，這種感情是存在的。子明轉身看著戴上墨鏡的虞太太，輕輕說道：妳為什麼看電影要戴太陽眼鏡？

虞太太回答：我不習慣單獨出來和陌生男人看電影。

子明「哦」了一聲，再轉身欣賞劇情。

這時銀幕上年輕女子千金小姐正在展示新買的衣裳，花枝招展，男主角夏飛先生心不在焉地坐在一旁抽煙。那千金小姐不甘示弱地上前，將夏飛先生手中的香煙拿走，扔在地上踩上幾腳，嬌嗔地說：你都不專心看我這件新衣裳，就只顧著自己抽煙。你知道，這款新衣服的價錢就是你一個星期的工資。

子明望著千金小姐的青春和美麗，不自覺地說：我覺得銀幕上這個年輕女孩和妳女兒有點像。

虞太太聽不入又看不慣地說：我的女兒決不那樣嬌生慣養，說此等無知的話。

銀幕上又跳換了另一幕，夏飛先生走進辦公室，一坐下就拿出煙。他一邊抽煙一邊辦理公文一邊對同事說：我是真的愛她，但又不能和她在一起。我不愛她，但是偏偏要和她結婚。我快瘋了，我馬上就去看我愛的女人。

於是夏飛先生口中吊著香煙，興奮又心急地衝上曼徹斯特雨中的街道，趕著去約會。

這時銀幕上看見西蒙女士站在幽暗的路燈下，手中拿著香煙，即使是如此的遙遠，也可以感覺得到那煙絲繚繞。夏飛先生走向西蒙女士，二人擁抱。西蒙女士雖然抱著夏飛先生，仍然煙不離手，幽怨地說：我很落寞，難道你不會有時落寞嗎？她吸了口煙，再慢慢地把煙放進男主角的嘴裏。

虞太太感覺西蒙女士說了自己想說的話，她喜歡女主角空洞而又需要的眼神。原來西蒙女士抽煙也有演技，有時噴完煙才講話，有時邊講話邊噴煙，有時慢慢地把煙放進男主角的嘴裏，有時兩個人的臉雖然貼得那麼近，卻也在雲霧中。

銀幕下虞太太和子明的背影近景。黑暗中聽見虞太太對子明說：他們煙抽得太厲害。

子明說：有影響到妳嗎？

虞太太說：沒有，電影還蠻好看的。你會抽煙嗎？

還沒學會。子明在黑暗中幽默地回答。

虞太太不喜歡別人抽煙，但是卻原諒西蒙女士不停地重複這個動作，她感覺那煙雲像首怨曲，而自己卻是第一次發現它的美。尤其二人在雨中的海邊漫步。

西蒙女士拿煙給男主角，他拒絕，說道：我要看清楚雨中的妳，看清楚這些快樂的日子。

快樂的日子還沒看清楚，金髮的西蒙女士又狠狠地在大銀幕上噴煙。

看完電影，子明感慨地說：煙，就像麻藥像鴉片，從開始就把他們迷惑住。最後男的還是要離開女的，卻仍然深深愛著她。女的因心碎而死，男的像行屍走肉般娶了那不抽煙的千金小姐。結婚那天他流淚了，千金小姐卻以為他為自己哭。

虞太太感覺子明的這一番話確是講到自己心頭上，他帶自己來看這一齣電影，到底有些什麼目的？子明雖然特別有女人緣，舉止瀟灑間中或許不羈，但是和夏飛先生的那種放縱，有天壤之別；至於自己和西蒙女士那種「怨」氣沖天相比，簡直就是小巫見大巫。

方才在黑暗的戲院裏，虞太太確感受到一些年輕人傳來的異樣情愫。自己傷感時，也感到一些慰藉甚至愛意。但是當他們走出戲院的時候，刺眼的正午陽光又告訴她真實的一面。即使這個年輕人通宵不眠，盡情歡樂，次日清晨只消用清水洗個臉，伸個懶腰，走出宿舍，又是新的一天。而她自己，像蘭姨的習慣，需要太陽眼鏡遮擋燦爛的陽光還有發脹的眼袋。她感覺年輕人是愛她的，但是電影結局不就是一個教訓嗎？女主角傷心淚盡而亡，男主角卻娶了一個年輕的富家千金。虞太太覺得這個收場對她來講，太淒涼了。

二人坐在茶餐廳用餐，虞太太正仔細打量子明講話的神情，想著這年輕人到底打著些什麼主意。這時一批學生衝進茶餐廳，穿著白色的校服，手中拿著傳單，打斷了虞太太的思潮。學生叫道：「看清楚我們，看清楚這個世界！」

接著一個穿白襯衫的高中生將印著「造反有理　抗議無罪」的傳單交給子明和虞太太。子明敬意地接下傳單，虞太太卻沒有伸出手的意思，那學生瞄了虞太太一眼，將傳單放在桌上。

子明驚訝虞太太對整件事無動於衷，雖然好奇卻不反感。

望見虞太太淡然的表情，子明說：中國的年輕人發生了驚天動地的大事情，現在燃燒到了香港，妳好像無動於衷？

虞太太輕輕轉頭望到窗外，聽見那些年輕學生集體呼叫的口號，取下太陽眼鏡，拿起傳單看了一眼，冷靜地對子明說：這部影片真是很有啟發性，讓我完全看到了自己，也看清楚了你們。

她很有禮貌的告訴子明不用送她回去，她相信子明會讓自己女兒的英文進步。就是這麼多，下星期見。

斜陽在虞太太家中的地板移動。時間又過了好一陣子，繼園臺附近的鳳凰木，又開出火紅色的花朵。

書桌上美玲讀完《簡愛》最後一頁，子明拿出新的《咆哮山莊》，共同嘗試開始他們新的一頁。虞太太則坐在客廳的一角，拿本書，喝口茶，自得其樂。

每逢月底，虞太太會將女兒的補習費，放在一個白色信封，親自交給子明，送他到門口。有時子明會望著虞太太，有時虞太太也回望他一眼，即使時間空間是那麼的短暫，即使美玲不想去留意，也會感覺出某種情愫的醞釀。

這天虞太太將補習費放在一個白色信封，重複她以往的動作，坐在客廳的一角，拿本書，喝口茶，好像是監視他們補習的行程。

補習完畢，美玲伸個懶腰，說道：媽，今晚約了朋友去聽音樂，可以嗎？

虞太太說：不要太晚回來喔。

美玲說：好，那我這就去換衣服。轉身對子明說：范老師，麻煩你等一下我，可以送我去大會堂嗎？

子明回了一聲沒問題。美玲說，那我這就去換衣服。說畢轉身就進入房間。虞太太把那個白色的信封交給子明，說：是這個月的補習費。

子明說了聲「謝謝」。接著又說，星期六皇都戲院早場有西蒙女士的法國片，這次是新藝綜合體，彩色的喔，請妳。雖然一切的約會都在公開中進行，美玲還是用句「范老師我準備好了」打斷他們的秘密。

這次皇都早場是西蒙女士的法國片。故事又是說一位年輕俊男愛上了年華老去的西蒙，年輕人遇上意外雙眼失明，西蒙女士想盡一切辦法，傾家蕩產都要去醫好年輕人的眼疾。在愛情與醫學的互助下，年輕人漸漸回復視力。然而缺乏信心的西蒙忽然對年輕人的愛情產生不安，怕他看見自己年華老去的容貌，最後又在藥中加上硫酸，讓年輕人繼續失明。

這本是一段極端悲慘的愛情，所有的幸福都斷送在對愛情的不信任。看完電影，子明歉疚地說，我真不知道結局是這樣的，我並沒有任何的暗示。虞太太看見子明的尷尬，不自覺地開懷大笑，說道：要是我的話，一開始就不要替這小伙子醫眼睛。盲目的愛情才可天長地久。這西蒙女士真笨，愈要擁有，愈是沒有。但是她演得實在太好，我也開始迷上了她。

子明見到虞太太一點也不介意，也跟著她一塊兒大笑。這是子明第一次見到這位冷若冰霜的女人，開懷。

於是子明又帶著虞太太看了西蒙女士的大時代電影。

故事講一位思想進步的女伯爵，看不慣社會的不平，暗地裏資助地下黨革命軍。東窗事發，要被放逐到一個孤島，在郵船上認識了一位年輕的醫生，二人短暫相戀，感情卻天長地久，分手後，男的心碎而死……

虞太太對這個結局的認同，非同小可。片中一切細小的情節，都不停地回縈在她腦海。銀幕上西蒙女士的每一句對白，似乎都是她心中的話語，銀幕上她的每一個表情，似乎就是自己的對照鏡。尤其那幕女伯爵無意間走到貧民區，衣衫襤褸貧無立錐的母女對她說，請原諒我們，女伯爵說，妳們犯了什麼錯要我原諒？母女說，請原諒我們的髒，請原諒我們的窮。女伯爵說，髒與窮並不是妳們的罪過。從此她就開始支持這些低下層反政府運動。

虞太太說，這女伯爵的角色，讓她想起小時候的一本小人書《淚王子》，講的就是一個王子，看不慣社會的不平等，最後終於犧牲了自己。這本小人書在她們年輕的時候，也曾令她們激動過。後來說是有反動的意味，被政府禁了，但是有一個來自上海的女同學把它帶來了四川，幾個女孩子居然把它當作聖經。說是要抗戰勝利，更加要改革中國。那時五個最要好的同學偷偷地組了一個讀書會，暗地裏傳播改革的思想。

虞太太告訴子明，自己也曾有過為國為家的理想，大家都要為大時代奉獻自己，最後卻都成了物質的奴隸。

抗戰勝利後，五個女孩也長大了，大家過海到了臺灣。四個住在臺北，只有她最窮最落魄，嫁了一個幫過她的男人，生了一個女兒，在一所小到不能再小的眷村小學當校長。直到一個長袖善舞的同學，來到這個窮鄉僻壤，把她帶到臺北，再轉到香港，替她的臺北委托行做買手。漸漸的，就把所有的理想都忘了，直到這部影片的出現，才又喚回以往的良知。

海灘上，冬天的寒風刮不盡心靈上的傷痕。虞太太的感情像是決了堤的洪水，一發不可收拾。子明也不知哪裏來的勇氣，開始擁抱虞太太，將她的手抓住，慢慢放入至自己的胸口，讓她感覺那一陣超過慾望的火焰，讓她感覺赤裸肉體的興奮，讓她感覺一個真正高潮的勃起。

直至她完全接受自己。

1｜皇都戲院｜　位於北角的皇都戲院，是香港最古舊的單幢式大戲院，原為一九五二年建成的璇宮戲院，後於一九五七年改名「皇都」。戲院可容納逾千名觀眾，除播放電影，亦可作為藝術表演舞臺，其屋頂「拱橋式」的拋物線型桁架充滿現代主義特色。在六十年代，戲院播放的電影以西片及國語片為主，切合當時香港人的喜好。

2｜王人美｜　三十年代知名女演員及歌手，一九三四年因參演蔡楚生導演的《漁光曲》並演唱當中主題曲而走紅，作品還包括《風雲兒女》、《壯志凌雲》等。

死在和平紀念碑

請不要告訴我你愛我，我知道你不會告訴我你愛我。假使你愛我的話，
不用告訴我，我都會知道。

虞美人的英文名字叫美玲，說是靈感來自《蘇絲黃的世界》[1]。

美玲記得有一次和子明中環逛街，看見五個小小兄弟過馬路，大哥二哥手牽著弟妹們，另外一個小的在大哥身上揹著，拖鞋赤腳，其中一個連衣褲都沒有穿，窮得只剩下親情。

這本是一個溫馨的浮世繪畫面，但是擺放在繁華的中環，確是有點格格不入。有位外籍女士看在眼裏，手袋中拿出一張鈔票要給他們，大哥哥搖手拒絕，眼神中還帶著傲氣。虞美人將這個畫面一直存放在自己腦海中。

我喜歡香港的那股獨有的傲氣。安樂園[2]的茶座上美玲感觸地對子明說。

我從來不知道自己會這麼樣的喜歡香港，我知道自己會喜歡香港，但是不知道會這麼樣的喜歡。坐了整整兩天的四川輪來到香港，看見這廣闊的海港，海上行駛著各種不同的船隻，帆船渡輪貨船郵輪，好像每個船隻都可以載著每個人每個不同的夢到世界每個角落，那是多麼幸運的時刻。船到了岸，在碼頭上，我看到多少不同的人，有的有錢，有的美麗，有的驕傲，有的賣力，有的彷徨。我在船上還看到許多剛放學的學生，來到碼頭看船；他們看我我看他們，彼此揮揮手，就那麼快樂那麼簡單那麼自由。

我還記得呼吸第一口的香港味道，就是海風中帶著鹹鹹的鹽分，還有一些新鮮海魚的味道。那天真是最難忘的日子，我有將近十年沒見過母親，不知她是否還認得我？母親把我接到北角的家中，煮了碗豆腐湯給我喝，說是怕我水土不服。那晚我一點睡意都沒有，整晚很興奮地聽著城市的呼吸聲音。第二天一大早醒來，披了件衣服，一個人走到英皇道，聞到的各種不同的味道，就是城市的味道。我就知道自己喜歡上香港，但是不知道會是這樣的喜歡。

子明故作不經意地問，妳母親喜歡香港嗎？

美玲笑了一下，有意無意地逃避了這個問題，繼續她的開心話，你知道，那天下船的時候，有位老先生說我可以做電影明星，他一定會買票看我。

子明笑語，妳現在是業餘模特兒，照片在報紙雜誌都有，走在馬路上也有人認識，跟做電影明星也差不多了。妳母親喜歡香港嗎？在沒有得到答案之前，子明還是沒有放棄他的問題。

我母親說做明星是沒有出息的，單是靠著一張臉孔吃飯，沒長進。

那妳母親為什麼又讓妳去做模特兒？

說真的，其實我從來沒有認識過我母親。小的時候她是校長，很嚴肅；每天做完早餐給我們吃，還要到學校管理一大堆調皮搗蛋的學生，放學後再到市場買菜做晚飯，沒有一分鐘能停下來。爸爸也是很嚴肅，平常也沒有和母親交談。不知道為什麼，我的童年並不像一般人那樣有個溫暖的家庭。母親聽說年輕的時候很美，也聽說思想前進，對政治很有看法，到了臺灣，差點被抓去當匪諜。父親救了她，兩個人就結了婚。

聽說母親有幾個好同學，來到臺北後都做了官太太，嫁得很好，但是從來都沒見過。直到有一天臺北來了位母親的舊同學，叫蘭姨，在中山北路開委托行，那天她坐著最新型的吉普車來到我們眷村，整個村子都騷動，因為她把「奢華」兩個字帶到我們的村子裏。那天以後沒多久，母親就離開了我們。又隔了很久，母親把我接來香港。母親不再做教育了，她做了蘭姨委托行的買辦，專賣上等的衣料香水化妝品。進出交往的朋友也都個個不一樣，但是母親和我小時候的印象確實一點也沒改變。

你今天特別找我來這裏，想告訴我些什麼？美玲忽然直截了當地問子明。請不要告訴我你愛我，我知道你不會告訴我你愛我。假使你愛我的話，不用告訴我，我都會知道。你以為帶著我去你們學校的聖誕派對，一起去看網球比賽，一塊兒看電影，陪著我去做時裝表演，大家看到我們在一起，就是「愛」嗎？愛是一種感覺，要發自內心，假裝不出來。

那天我們去看柯德莉夏萍[3]的《黃昏之戀》，我哭得眼睛都腫了，你抓著我的手安慰我，之後我們就常常手牽手，但是那代表愛嗎？別人都以為我們在戀愛，但是我知道，你也明白，那不是。雖然一開始的時候，我對你確實是有些某種的幻想。我想你自己也知道，很多女人第一面見到你，都會對你有幻想。你記得我們樓上的梅太太，那天你上錯樓到了她家之後，她就一直惦記住你，樓梯口見到總會問句，妳那補習老師大學生最近怎麼了，有空帶他上來坐坐，喝杯茶。

你知道她家養了許多貓，有隻常喜歡跑到我家來。你知道有天她告訴我其實他不是女的，只不過花旦唱得太多，太入戲，做不回男人。

其實你很知道自己的本錢，但是又很想隱藏著自己的本錢，像你戴著黑色粗框眼鏡，不經意的剪個小平頭，衣服穿起來一點也沒有潮流感覺，但是卻熨得體貼光鮮，還有衣袖會打摺。你是知道自己的本錢，只是不想去利用它。

那天黃昏傍晚我第一次見到你，就被你吸引住。你很獨特，那個晚上我有種沉醉的感覺。打開《簡愛》，就迷上第一句：「那天，出去散步是不可能了。」

像我這樣的一個女孩，我知道大家都渴望能得到我，而我卻只想得到你，而那是我達不到的一個目標。

子明玩笑地說，妳是有點自我，每句都帶個「我」字。

愛情就是那麼喜歡開玩笑，小的時候所有男孩都想得到我，卻沒人敢靠近我。那時我喜歡上一個不起眼的男孩，為了得到他的愛，我佈下了一個羅網，製造了一個像我的女孩，讓他墮入情網，最後希望他能轉移目標愛上更完美的我。

但是愛情並非只是靠著完美而存在。

我母親當然看得出我對你的想法，雖然並不心甘情願，但是卻也心懷開暢，說是希望我們規矩上路。所以你來補習的時候，她總是盡可能在家，有時做個甜點，或者煮個湯之類。有時我覺得母親的過分關切，是一種監視。她說在我們沒有正式之前，是不會請你來家裏吃飯的，那是隨便了一點。當然也只是說說。

當然，我們興趣的不同也是不能真正在一起的原因。我喜歡看好萊塢，簡單明瞭，愛情至上，你卻喜歡那些歐洲藝術電影。記得和你去大會堂看了一套《廣島之戀》，所謂新潮派意識流的拍攝法。即使是崇拜時尚的我，也看不出哪一點好。大特寫的鏡頭一動也不動，男女主角重複著同樣的對白。那像柯德莉夏萍和伊麗莎白泰勒的電影，既是賞心悅目，又是言之有物。所有主題都很道德、很正面。不像那些歐洲電影，邪惡在骨子裏。

我母親也喜歡看電影。前些日子她告訴我看了一部歐洲電影，說是一個中年婦女，愛上一個年輕小伙子，為了不讓他看見自己年華老去，居然把他的眼睛弄瞎了。真恐怖。

你看，歐洲人的想法多麼不同。其實中國人也有很多不一樣的想法。你記得半年前在希爾頓表演時裝，有對年老夫婦坐在貴賓席，只要是我穿過的衣服，那老太太都全訂了下來。後來還抓著我的手說要請吃飯，我說約了男朋友一起去看電影，那老太太望見你之後，說了一句「你們真是相配的一對」，就放了我的手。後來其他的同事說，那位老太太其實是來替她先生找女朋友，看上我，卻又看到你。你救了我，還是破壞了我，天曉得。這個世界真是《鏡花緣》中的萬花筒。

我是不是話講得太多。其實今天我也有事要找你，母親說今天是冬至前最後的一個月圓，想請你回家吃個飯，雖然我們外省人不做冬，但是母親還是為你做了些菜。

走出安樂園的茶座，虞美人對子明說：去和平紀念碑那兒走下吧，我要看清楚這周圍的一切。

站在和平紀念碑的臺階上，刺眼的西北風刮在臉上確實有種提神的清新。美玲幻想自己的希望，數算著紀念碑周遭的每幢建築物，多年後，不是重建就是已經完全不存在。像希爾頓酒店，以往子明會到「鷹巢」[4]接她 Fashion Show 下班，然後去地下的咖啡室叫客香蕉船，二人共享。或者每個月初，陪著子明到滙豐銀行，在那芝加哥學派式的出納大堂，把媽媽給的補習費存進子明的紅色小本，然後再到對面政府合署員工部，吃碟三塊錢的午餐。至於德輔道中的告羅士打行與連卡佛百貨的 Window Shopping、安樂園的熱狗與雪糕、萬宜大廈紅寶石的茶舞[5]等等課外活動，更不在話下。她和子明曾經有過這麼多的樂趣，或許更自私一些，她帶給子明那麼多的注目和樂趣……她幻想自己的希望，這些地方都必須永遠不再存在。要不觸景傷情，多不自在。對了，還有那個維多利亞藍白色像結婚蛋糕的「香港會所」，從裏到外都那麼有殖民地色彩，這是自己最喜歡又嚮往卻不得其門而入的俱樂部，說是中國人和狗不能進入，拆掉活該。但是它真是美麗。虞美人在自己想像中暗自偷笑，我的思想不就是文化大革命？愈破壞愈開心。

一陣疾風將美玲的帽子吹走，子明上前替她撿回，風中散髮的虞美人忽然好像變了個樣子。子明望著她的眼睛出神，那眼神中似乎有說不完的故事，完全超乎一個十八歲女學生的心境。子明情不自禁地抱住虞美人，瘋狂的和她親吻，美玲也沒有任何的反抗。似乎這突來的情慾，算是某種形態的最後告別。

我母親告訴我你帶她看了許多電影，她說準備和你離開香港。

子明說，哪裏去？

只消一句話，他完全了解這女孩子的母親曾對她說過些什麼。但是方才為何又要那樣熱情擁吻？

柯德莉夏萍在電影中不是說過，Paris is a good idea！你不是喜歡普魯斯特的《追憶似水年華》嗎？美玲回答。

妳看荷里活電影也真會活學活用，不枉情鍾。子明道。

回家的路上灑滿了月光。

二人走上繼園臺七號的磨石子樓梯，和三字四樓的梅太太在門口撞個正著。子明忽然好奇地對梅太太望多一眼，打量他到底是真男還是假女。那梅太太也不甘示弱地用銳利的眼光回望了二人一眼，說了句：真是郎才女貌，一對璧人。

打開門，飯桌上堆滿了菜餚，虞太太正等著二人回家。

1—《蘇絲黃的世界》— 原著為英國作家理查德梅森撰寫的愛情小說，後改編成經典荷里活電影《蘇絲黃的世界》。故事背景為五十年代的香港，女主角是香港女子黃美玲，她自稱富家千金，其實是有個私生子的酒吧女蘇絲黃。美玲在碼頭遇到英國青年羅伯特，在他鍥而不捨的追求下被打動，二人相戀。電影上映後在全球掀起「香港熱」，蘇絲黃也成為當時典型的荷里活東方女性形象。

2—安樂園— 一九一三年開辦的安樂園本是西餐廳，其後開設飲冰室，在中上環皆有分店。安樂園的雪糕很受歡迎。

3—柯德莉夏萍— 臺譯奧黛麗赫本，五六十年代知名荷里活女演員，氣質優雅高貴，代表作有《金枝玉葉》、《龍鳳配》、《黃昏之戀》、《珠光寶氣》、《窈窕淑女》等。

4—鷹巢— 中環希爾頓酒店頂樓的夜總會，是當時香港檔次最高的舞池，駐唱歌手只唱英文歌，客人皆是城中名人。

5—紅寶石的茶舞— 中環萬宜大廈內的紅寶石餐廳則屬於較為大眾的跳舞場所。紅寶石是西餐廳，周末舉行音樂會及舞會，甚受年輕情侶歡迎。而當時人們的跳舞分為兩種，「茶舞」指的是晚上八點前的時段，八點後便稱為「晚舞」，兩者收費也不同。

眷村的瑪麗安東尼

她走到客廳，看見一地的玻璃碎片，房間充滿了令人窒息的玫瑰香味。

父親氣極敗壞的走進睡房，母親一個人孤獨的在月光下收拾碎片。

或許一架吉普軍車在乾淨的臺北水平線劃過。

經過中山北路帶著濃厚日式味道的建築，離開平坦的柏油馬路，走上一望無際的稻田，藍天白雲，路邊點綴者茅舍與寺廟，五十年代克難的臺灣。

同樣的藍天白雲之下，飄揚著青天白日滿地紅的國旗嘉義精誠眷村國小，孩童們正在上國文課，一陣陣《論語》的朗誦聲傳到那簡陋的校長室。

藍布旗袍的虞校長桌上放了一杯茶，還有一疊疊學生的作業，正在等待她批閱，小小陋室的其他老師，也都專心利用時間寫他們的宣傳單，譬如「保密防諜」，「反攻大陸」之類的。

行行重行行，那吉普車中坐了一位的摩登仕女，任憑汽車在小石子的路上顛簸不平，她美麗的坐姿，絲毫不受影響。司機雖然穿著軍服，鼻樑上卻掛著舶來品雷朋太陽眼鏡，帥氣非常，與貧困的臺灣鄉下十分脱節。

放學後，虞校長帶著八歲的女兒在回家途中，經過簡陋的市場，買了塊五花肉，準備每月一次的打牙祭。這是個實事求是的陸軍小眷村[1]。

方才那架吉普車駛進了眷村的道路上，好奇的兒童追逐著汽車，校長身邊的小女孩也想和其他孩童們一起跟車跑，虞校長嚴肅的眼神阻擋了她。

吉普車停在虞校長的家門口，孩子們圍繞著吉普車好奇地撫摸，說是這個新的品種和平常看到的可真不一樣。帥氣司機下車準備開門，妖嬈的蘭姨戴著一副象牙白高蹺的墨綠太陽眼鏡，從漂亮的手袋中拿出一支口紅補妝，把從來沒見過這種場面的小孩們，看得目瞪口呆。

虞校長帶著女兒來到家門口的時候，蘭姨正像電影明星般的走下吉普車，面對她想像中的這班超級影迷，卻一眼就看到多年不見的老同學。虞校長也驚訝地看著這位幾乎不認識的美女。二人表情各異，但是感情肯定種植在多年前。

坐在簡陋乾淨的客廳裏，小女孩看著書桌上蘭姨帶來的禮物，聽著母親和蘭姨講著自己聽不懂的話，眼睛卻不時漂到桌上那瓶瑪麗安東尼香水。那美麗的阿姨和母親談話之際，間中也會脫下來太陽眼鏡，和小女孩打個眼神。又似乎香水瓶上的瑪麗安東尼也不懷好意地一直望著她。

她聽見那位美麗阿姨對母親說，在學校的時候，妳就最喜歡《紅樓夢》和李清照，有那麼華麗的思想，又怎麼去搞革命？

嚴肅的父親回來，看見桌上的禮物，只說了一句：真奢侈，在這克難時期。

那瓶瑪麗安東尼香水，仍然不理不睬高傲的站在那裏。

蘭姨離開後，母親將香水放在當眼的書架上。父親經過，總會不屑的瞄它一眼。母親看到它，有種說不出的複雜與冷漠。小女孩只是好奇貼紙上的金色鬈髮美人是何方神聖。

母親告訴她，這是瑪麗安東尼，法國大革命時期的皇后。是個壞女人，衣食住行都是最奢侈的，不事生產，最後上了斷頭臺。

小女孩不懂什麼是奢侈，又以為所有漂亮的女人都是壞女人，但是卻情不自禁的喜歡貼紙上的瑪麗安東尼。

某晚嚴肅的母親忽然走到書架前，打開了香水，用小拇指點了些許，頓時整個房間都充滿了玫瑰芬芳。小女孩可愛的對著母親說，真香，然後伸出手，期待母親在她手上抹些香味。母親淡淡的對她一笑，將瓶子收好，好像沒事發生一樣。

從此母親每天都會打開那個香水瓶，聞到那玫瑰芬芳，就好像變了另外一個人。父親對著突來的變化，十分看不在眼裏。在母親那十來分鐘的一個人世界裏，小女孩覺得母親變漂亮了，但是親切感卻消失了。有時小女孩大膽地拿著瓶子仔細看，那畫像中的瑪麗安東尼，不說一句話，似乎用她的眼神說了更多的話。小女孩那時候就似乎開始明白奢侈是怎麼一回事。

有時她會夢中見到那個金髮美女，可能她會像香港女明星林黛[2]一樣，在古中國宮廷長廊裏莫名其妙地走來走去，或許她在尋找自己喜歡的東西。但是什麼是她喜歡的東西呢？小女孩很多個夜晚都反覆同樣的夢。

有一天小女孩被父母的吵鬧聲還有玻璃摔在地上的聲音驚醒。

她走到客廳，看見一地的玻璃碎片，房間充滿了令人窒息的玫瑰香味。父親氣極敗壞的走進睡房，母親一個人孤獨的在月光下收拾碎片。她撿起那張瑪麗安東尼的標貼，抬頭望著小女孩，眼光中帶著冷漠無助絕望，雖然沒有感情的流露，卻是說不出的美麗。

不多久，蘭姨又乘搭著那部吉普車，來把媽媽接走。父親坐在書桌前看報紙寫報告，身子一動也不動，對母親的離去無動於衷。小女孩跟著母親走到車前，戴著雷朋墨鏡的司機將母親的行李放入車中，小女孩記得母親對她說，我一定會來接妳，帶妳走出這個地方，看另一個更美好的世界。

小女孩記得一直追在車後，一直不停的叫媽媽。直到吉普車消失在遠遠的彎路上。

1｜眷村｜　一九四九年以後至六十年代，遷徙至臺灣的「國軍」軍人、公務人員，以及其眷屬獲政府集中安排住處，居於日據時期的房舍或新建的磚房中，這些軍眷住宅群便形成了眷村。眷村多集中於臺北、臺中、嘉義、高雄等城市，在強烈的「外省人意識」和較封閉的社區環境下，孕育了獨特的「眷村文化」。不少第二代眷村子弟後來成為臺灣政、商、藝文界名人，像是宋楚瑜、鄧麗君、白先勇等。

2｜林黛｜　五六十年代香港著名國語電影女星，曾獲得四屆亞洲影展女主角獎，代表作有《貂蟬》、《千嬌百媚》、《不了情》、《江山美人》等。

芳華虛度

芳華虛度

這餐飯如此多真真假假，吃的都是山珍海味白松露，喝的也是陳年美酒夜光杯，講的更是漂亮說話天外天。其實大家都是文化藝術圈中人。

二〇一二年陰曆九月初一這晚，江姐在時髦的「七號皇庭」替老牌導演林回慶祝八十五大壽。到會的都是上世紀六七八十年代響叮噹的人物，有長腿姐姐葉楓女士，有《中國學生周報》人物石琪陸離夫婦，有一代歌后潘迪華小姐，有才女出版美人佩芸女士，有才子武俠報社社長金城伉儷，有退休影評人羅卡夫婦，有新近憑《桃姐》一片紅遍中港臺的許鞍華導演，尚未到會的高世章，再加上林壽星不速而來的兩個年輕學生副導演等等，一桌十六人總共超過一千歲。虞美人望了一下枱面上的客人，除了壽星帶來的兩個不說話的學生，自己算是最年輕。

「七號皇庭」是留美生物化學博士彭氏昆仲返璞歸真之作。這兩個四十出頭的年輕科學家，說是厭倦了實驗室的枯燥，用他們自創的「生化」烹飪法，中餐西吃，獨具一格，就搖身一變，成了米芝蓮名廚。原來「七號皇庭」以前是本小說，描述英國高等法院打官司的形形色色，後來拍成電視劇，轟動一時。但是用英國法庭來命名餐廳，是否妥當，這就見仁見智了，至少吸引了大批懷念殖民時代的法律界人士捧場，連同那無數貪圖時尚的城中名人，QB 7 就鏗鏘有聲有色地成了城中的最愛。

這夜虞美人帶了六枝八二年的瑪歌紅酒[1]，雖說不上價值連城，但也是可遇不可求，紅色添香，給懂得欣賞極品的江姐極大的面子。江姐講了個有關瑪歌酒莊的故事，話說大文豪海明威之子情迷瑪歌佳釀，當他女兒出世，希望小孩將來有如品嚐醇酒之後的美人，就替她取名瑪歌海明威。此女成長後果真不負父望，七十年代在時裝界紅透半邊天，拍了一部電影《紅唇》，更以天價百萬美元成為Fabergé代言人，還來過香港宣傳香水云云。

才女出版人佩芸這時也有意無意之間，搬弄一下她的墨水，說是最愛祖父海明威寫的那本《巴黎回憶錄》，少年不知窮滋味。一位有目地的美國青年作家，二十世紀闖蕩整個世界文化之都，給他認識了所有當代最有名的文學藝術家，自己也寫出了《日出》、《戰地春夢》、《老人與海》一連串不朽的文學。但是這本書最大的缺點其實也是他的優點，暴露出文學家真正的感情，他對太太的種種體貼和愛都是千真萬確的，但是也都只不過是在當下。他知道自己每一段的感情都是真執，但是將來都會改變，這些逝卻的感情將來都會是他寫作的題材。佩芸說是最喜歡書中結尾那段他從美國回到巴黎對妻子的描述：我多麼希望在我只愛她一個人的時候就死去。這樣他就永遠不會變心。多麼真執的描述。難怪他的文章永垂不朽，還拿了諾貝爾文學獎。

林導演那兩位不出聲的年輕副導，不修邊幅留著山羊鬍子的那位忽然大聲地說，這海明威先生就是毫無折扣的機會主義者，帶著所有的目的來到巴黎，為的也只不過是得取人生的經驗。雖然後來他成功了，但是這種有目的的理想，並不崇高。人生真正的經驗應該是在不知不覺中得來，不是拿著一本小筆記簿一枝鉛筆，記錄下每一個人每一句對白每一個故事情節。太職業化。

另外那位矮胖的副導則說，這就是他到了晚年，富貴榮華什麼都有，人生卻什麼都沒有，最後走上自殺之途。山羊鬍子的那位還要補充一句，富貴的只剩一身的病痛和寂寞。說著說著，話題已經由美女變成了老人家，不知那個不討喜的在這種壽宴的場合，忽然加上一句：「後來瑪歌海明威和她祖父同一天走上自殺之路。」

真是大吉利是。

正在大家鴉雀無聲的當兒，一位玉樹臨風的俊公子啟門而入，原來是玉女影后尤敏之子高世章，這位金馬獎最佳音樂得主以敬老聞名，千里迢迢由半山司徒拔道塞車往九龍何文田山，專程迎接潘迪華小姐，卻不知潘小姐在秘書陪同下早已自己過海，忘了通知高小弟。

於是話題又轉到潘小姐的《白孃孃》身上，原來八十一歲（千真萬確，吃飯的那年潘小姐確是只有八十一）的潘小姐顯然沒忘情這齣四十年前幾乎令她傾家蕩產的音樂劇，正在找尋機會與它愛火重燃。然後又説邁克終於替她找到當年李香蘭《白夫人之妖戀》的 DVD 等等。

好不容易壽星導演找了個機會插口，談到當年準備找葉楓復出卻又不成的悲壯事蹟。説是找了葉楓在美麗華喝茶，講了整整一個下午的故事，口水都乾了，以為她一定會復出，誰知睡美人告訴林導演的朋友，她不會演。朋友説那妳為什麼讓他講那麼長的故事，睡美人説，他高興講就讓他講，反正我也閑著無聊。玖玲[2]姐巧笑倩兮道那是上世紀八十年代的事了，現在流行找林美人復出，是二〇一二年啦。

虞美人聽見「美人」二字，本能地愣了一下，腦中快閃，自己怎會有這樣像藝名的真姓名。以往當人們看到自己虛假的「虞美玲」反信為真，真真假假，不知怎樣定奪。再一定神，又聽到佩芸說她某次找鍾楚紅拍封面一日沽清的光榮成績……

虞美人聽著這些過往的事蹟，心底甜美微笑，拿起高腳杯又沾了一口瑪歌，望著美麗的江姐出神。大家都說，這江姐非但才貌雙全，更加品格高超，是少有的奇女子，以行遍天下路來閱畢萬卷書的方式，推己及人，影響周遭仰慕者的思維，無形的美麗師表。她在工商界大刀闊斧的改革、她對香港政府的不妥協諸多等等，再加上近日數篇關於大英殖民地末代眾總督、香港候選特首以及鴛鴦蝴蝶派張恨水的專研文章，更令美人佩服五體投地。美人正在思考這些過譽的形容詞是否妥當之際，卻又好奇這位標梅早過卻仍然獨身的美女，私下的羅曼史又會如何？是否她的強勢蓋過美貌？似乎從來沒人敢問這問題。

但是陶傑卻是個天地不怕的才子，原來有次他告訴虞美人，江姐的羅曼蒂克不在香港，是在日本。跟蝦迷郎？日本明星三船敏郎！哦！這真是天大的秘密。美人為了這個八卦，幾乎答應了陶傑客串電影的要求。後來發現原來有位迷哥或迷姐，在網上放了一張三十年前與三船敏郎的團體寫真，照片上日本巨星的手，只不過輕輕地搭在江姐香肩，眾人皆知。原來如此。

這才子陶傑原來也是仰慕虛榮之人，他迷戀那些不老的傳說。而虞美人在香江的浮華世界，正是一個從來不加人工修飾，內外兼美的榜樣。有次看見美人替某環保機構代言的素顏廣告，只微笑地講了「請節約用電」五個字，就令才子夢驚魂。陶先生說自己寫了一個有關香港一九六七大時代的劇本，有個女神般的進步角色，希望美人客串，非她莫屬。於是找了江姐介紹，就在港島香格里拉二人茶聚。陶傑也是見過場面的人，黑色幽默加上超群的口才，整個茶聚虞美人就只有微笑聽講的份，雖然稍有不耐，魂遊太虛，卻也絕無形色。就在侍應替才子換茶加水的當兒，虞美人無聊地拿起枱面上銀製沙糖罐，倒了些白沙糖在手背，放在唇邊慢慢品嚐。這個小動作可把才子看呆了，說是性感的要命。自此以後，再也不敢和虞美人單獨見面。

芳華虛度

虞美人有時偷笑，這個食糖的動作，自己也是無意之間創作出來。後來反應良好，重複練習，在不同的場合之下，居然可以得到不同的戲劇效果，但是最重要的卻是要對方感覺自己是無意之間。若是看穿了，就一文不值。

話又說回林導演壽宴的那晚。江姐把話題轉到一九七八年她幕後策劃的那一屆香港時裝節。那年真是大陣仗，地點是「碧麗宮」，走天橋的都是從紐約請來的超級模特兒，製作是英國人，媒體是全世界，但是穿的每件衣服都是Made in Hong Kong，著實讓香港在世界地圖上露了些光彩。而這次的時裝節最受注目的就是虞美人首次從模特兒轉型設計師的處女Show，她為尚路易的「上雲裳」設計「蝴蝶夫人」東方絲綢系列，穿在高大的金髮碧眼或朱古力色的超模身上，再依偎在世間少見的俊男身上，則更顯嬌媚。江姐道，虞美人，我本以為一九七八年以後時裝的天下妳一定有份，那知妳就在那年結了婚，於是一切芳華虛度。我怪妳浪費了上天給妳的才華。江姐埋怨中帶親切。

才女佩芸馬上接口，說是「芳華虛度」四字怎可用在虞小姐身上。但是美人明白江姐的意思。那晚在江姐家裏看了一套蘇珊希活[3]和尊蓋文[4]的老片子，就叫《芳華虛度》，講的是一個時裝設計師和有婦之夫的戀愛，雖然自己的遭遇和蘇珊希活完全不同，但是時裝界的虛榮浮華，卻世間一般樣。

這餐飯如此多真真假假，吃的都是山珍海味白松露，喝的也是陳年美酒夜光杯，講的更是漂亮説話天外天。其實大家都是文化藝術圈中人，認識了也有數十年，其實每個人想的講的，也只不過都在取悦自己，偶然也可以推己及人，但是漂亮的人漂亮的話為什麼就要這般虛假？虞美人有點自責，看看，這裏除了那兩個不修邊幅的年輕副導説了些別人沒有興趣的真心話，你看陸離石琪金城夫婦，他們開過口嗎？

説起「虛假」兩個字，我要是認了第二，可能沒人敢認第一。虞美人忽然一大口把杯中的紅酒喝光。可也不會有任何人留意她的這個突來的動作，因為坐在隔壁的江姐很有把握自己講話時候的肢體動作，必須吸引每一個人的目光。即使是「美的代言」坐在自己旁邊，談論的也是她的過往風光，但是整個焦點必須在江姐自己本身，她必須把持著這點霸氣。但是自己呢？她想到自己的一切，居然是做給不認識的人看，她的這一輩子，從走上天橋那刻開始，就是做給別人看。

當然也是做給自己看，自己不喜歡，又怎能讓別人喜歡自己？但是在別人開始不喜歡自己的時候，又要怎樣主動的退出這個戰場？這就是個學問。

海明威的每一場戀愛他都是勝利者，因為每一個戀愛戰爭結束之前，他都會主動地退出，難怪那個小青年怎樣都記得那句「我真希望在我只愛她一個人的時候就死去」。所以虞美人在潮流還沒有淘汰她之前，她必須離開這個海灘。

是，江姐說得對，那年的 Made in Hong Kong 自己的時裝品牌確實是時裝節的高潮，但是怎樣得到這個重點表演，自己賠了多少個笑容，做了多少自己不願的事，還有那麼多不甘心的夜晚，這些江姐妳最清楚。妳說我是最有耐心等待機會，但是機會來了又懂得放手，我永遠都是要把機會放走，就可以藐視那些利用機會的人。江姐，妳呢？妳雖然沒有選過香港小姐，靠著妳的美貌與智慧一路往上爬。方才大家對妳的稱讚也只不過是公關術語，說久了就自以為真。其實佩芸在背後說妳，放不下身段，退休了還是要指指點點，知道嗎？

虞美人看見江姐還是口若懸河，有點自說自話的感覺，於是拿起高腳杯，眼神迷濛地和江姐乾杯。口角淡出一絲笑容，自己心中對自己說話，只有這時刻，我才是真正的我自己。江姐妳可不是眾人眼中真正的妳，妳這前朝高官，退休了之後還拿取著納稅人奉獻的薪俸，周遊列國，高唱反調，居然被奉為「良心的代言」，這就是佩芸對妳最直接的批評。

我們都是蛇鼠一窩，妳是「良心」我是「美」。美的代言人就是一張白紙，沒有個性，任你添加筆墨色彩。你們都說我嫁了一個好丈夫，相夫教子，羨煞世人。江姐妳還說我浪費了上天給我的才華！我有什麼才華？一切都是那麼虛假。自己的男朋友被自己的媽搶去，還要若無其事。你知道我那時心裏多麼的恐慌，多麼沒有安全感。只有莎莉知道。對了，為什麼整個晚上沒想過莎莉，為什麼今晚吃飯就沒有她？我還帶了六瓶八二年的瑪歌。她對我那麼好，卻從來沒有當她一回事，她常說，這就是「家人」的感覺。原來「家人」就是要被忽略的藉口。

只是被「忽略」還好，但是江姐，妳記得說過莎莉看來不像是我應該有的朋友嗎？什麼是應該不應該？是因為她長得不夠標致？是因為她不夠妳的文化水平？是因為她父親開士多[5]？是因為她做過售貨員？還是她服侍過妳、奉承妳去買愛馬仕？妳覺得她不懂得喝八二年的瑪歌，還是覺得她不配喝這種酒？

江姐，我不喜歡聽見妳用「不配」這兩個字，但是妳的確常常用。我親愛的江姐，我們看到的只是妳八面玲瓏的外表，妳內心的高傲和骯髒，只有妳自己知道的最清楚。對不起，我說多了想多了。我真是有點醉了。其實我也應該自我批判，我對不起莎莉，因為我一直嫌她有狐臭，但是從來沒有向她提起過。

那天莎莉告訴我，她要陪女朋友去相親，要我一起去。我說別人相親我去幹嘛。她說妳一定會贏的，男方年輕有為家財萬貫，不可多得，妳贏了欠我一輩子。莎莉的女朋友是個老實人，那天我一看就知道不是對手。結婚的時候媒體都說莎莉是我的媒人，沒人知道是我搶過來的。莎莉那個女朋友到現在還沒有結婚，都三十多年了，你說我有沒有愧疚？我現在的生活就是我的愧疚。

芳華虛度，人世間的虛榮浮華，卻是一般樣。

1—瑪歌紅酒— 來自法國位列第一級（Premier Grand Cru）的五大酒莊之一「瑪歌酒莊」，是法國國宴指定用酒。

2—玖玲— 王玖玲，乃五六十年代由臺灣來港發展的影星及歌手葉楓的原名，代表作有電影《桃花運》、《長腿姐姐》、《睡美人》等。

3—蘇珊希活— 臺譯蘇珊海華，美國女演員，曾於一九五九年憑《我要活下去！》獲得第三十一屆奧斯卡金像獎最佳女主角獎。

4—尊蓋文— 臺譯約翰蓋文，美國男演員，曾參演電影達數十部，其中最為人所熟悉的是希治閣的《驚魂記》。

5—士多— 即小型商店或雜貨店。士多的名字源於英文 Store，多數開設於香港舊式住宅區、學校、車站附近，售賣各式雜貨，像水果、零食、飲品、文具、小玩具等，可以說是早期的便利店。

虞美人

之前，香港看到的就等於所有中國人都看得到，但是現在中國人看得到的，居然香港看不到。

春花秋月何時了，往事知多少？
小樓昨夜又東風，故國不堪回首月明中。
剪不斷，理還亂，是離愁。
別有一番滋味在心頭。

收音機傳來鄧麗君名曲《虞美人》，南唐李後主填詞。在旁的虞美人聽罷莞爾一笑，幸好和歌名鬧雙包，要是姓「林」，那就稍微尷尬。

相傳多年前香港的一個文藝沙龍，才子黃霑進門叫了一聲「林美人」，馬上兩位美女相應。一位是他熱戀中的美艷才女、李小龍卸任阿嫂林燕妮，另一位是美麗過美麗、純情過純情的林青霞。兩位美人應聲同時回望聲音來源，之後相互對望。到底那位是他要找的，你説霑叔多難做人。又有一次姚煒小姐和大明星同桌吃飯，那邊廂楊凡飄然而來，嗲聲嗲氣叫了一聲「大美人」，二位小姐同聲應答了楊凡，卻原來楊凡找姚煒商談演出「海上花」一事。大明星瞪望了姚小姐一眼，此時無聲勝有聲，原來妳也是「大美人」呀。所以「美人」二字不可亂用，尤其二美分不出那個才是真美的場合。

虞美人，父親姓虞名志剛，四川貫縣人，雖然與母親江建萍本是小同鄉，但是二人絕非青梅竹馬，而且年齡相差一大截，還是在一九四九隨著國民黨青年軍遷撤到臺灣後，才相識結婚。父親循規老實，母親卻有許多想法。譬如說，在抗戰時期就喜歡看進步電影，尤其喜歡《漁光曲》的王人美。本來生下女兒，母親準備叫她「虞人美」，父親一聽還得了？那時捉共產黨的「白色恐怖」正是風聲鶴唳，假如給人發現女兒名字靈感是來自匪區演員，罪名可大。但是志剛又疼惜愛妻，不想拂逆她意，於是就在出生紙上填寫了「虞美人」三個字。

「虞美人」這三個字可也替虞家帶來不少爭饒。小的時候同學就會嘲笑她不知天高地厚，自己往臉上貼金。父親原本好意為了含蓄向母親示愛，確也感覺美人二字確也替小女孩帶來不少壓力，也曾想去區公所替女兒換個普通的名字。唯獨母親覺得這個名字就是宋詞化身，是詩意也是天意，若不是陰錯陽差王人美，古板的虞爸爸怎樣也取不出這樣特別的名字。

後來父母分開，母親帶她來到香港，十六七歲的中學生含苞待放又碰上這樣特別的一個姓名，更是少不了在學校成為取笑的對象。幸而有位英文老師是個《蘇絲黃的世界》的標準影迷，替她取了關南施在天星碼頭戲弄威廉荷頓的英文名字「美玲」。後來又當上了模特兒，和當紅的陳美蓮一起走在天橋上，美玲美蓮就好像兩生花，大家都叫的順口極了。這個「美玲」就開始改變了她的一生。母親開始忘卻了女兒姓名中的宋詞詩意，男朋友把她帶到同學面前，炫耀美玲就是《蘇絲黃的世界》中的關家倩的代名詞，報章雜誌更是一廂情願地報導這個臺灣來的青春美女模特兒，英文的中國郵報更是用超大的篇幅來滿足女孩子的虛榮。因為美玲就是蘇絲黃就是老外心目中的中國女孩，和美蓮是迥然不同。但是母親和男朋友都離開了之後，痛定思痛她又重新做回了虞美人。

虞美人回望自己這大半生，總喜歡說自己的一生確實像一部電影，悲喜交集，假如放映在大銀幕上，也應該沒有什麼遺憾。但是有天在藝術中心看了桑弧導演的《太太萬歲》，裏面那位交際花咪咪想要勾引陳家大丈夫，氣若游絲的說

「我的一生真是太不幸了，要是拍成電影，誰看了都會哭的」，現場引起觀眾一片笑聲。由於那是歡場的臺詞，從此虞美人不再將自己的生活和電影扯上關係。

記得迷你裙熱褲流行的尾聲，虞美人上半島酒店愛馬仕探望莎莉，碰到嘉禾公司何冠昌先生，說是要找自己拍電影，馬上虛榮了一陣子。但是接下來何先生就要她學好廣東話，這句話虞美人怎樣都聽不進去。那個年代當紅的何莉莉狄龍柯俊雄，誰的聲音是自己？為什麼偏要挑剔我的廣東話？

莎莉離開學校之後，就在半島酒店新開的愛馬仕做售貨，接觸到的盡是上流社會的尖端客戶，見過市面和顏色，一看一聽就知道客戶心中打的是什麼主意。她馬上和虞美人分析去嘉禾拍戲的可能性，香港目前的電影主流仍然是國語片，何先生要妳學好廣東話，擺明在吃妳的豆腐，不要拍。後來莎莉傳話，何先生找拍戲是認真，學好廣東話是玩笑。但是虞美人覺得應該老闆無戲言，加上自己個性強烈，說不拍就不拍。就這句無關緊要的話，斷送了虞美人做電影明星的前途。你說虞美人有無後悔？她永遠嘴巴裏當然說是沒有，心裏怎樣就只有自己知。不過說真的，何先生要美人學好廣東話之後沒多久，粵語片就真正成了主流。

其實喜歡追尋完美的她，這麼多年來，心裏還是嫌自己的廣東話不夠地道，總是有點揮不去的臺灣口音。但是有次打電話去陌生餐館訂位，接線生可能聽過自己的電臺訪問，馬上認出她是誰，這點虛榮又讓她原諒了自己的缺陷。其實十六歲那年就來了香港，四十多年什麼都學會，偏是廣東話那九個音符，就是抓不準。四十多年來她也抓不準自己丈夫的愛情，抓不準兩個兒子的感情，放不開自己對虛偽的認同，解不開自己心中對虛偽的困惑。但是她抓得緊莎莉的友情。

莎莉是自己來到香港的最老同學兼朋友，八卦、貪小便宜、愛慕虛榮、然後有時不擇手段。有次麻將桌上不知誰問，莎莉真不像妳應該交的朋友，美人沒有回答，因為她知道莎莉就是自己的另一面，敢言敢做自己所有的不敢。她和莎莉，同班同學，位子就在隔壁，身材與樣貌和自己頗有點分別，唯一勝在皮膚白皙，莎莉自我幽默地說「一白遮三醜」。這莎莉天生對一切事物都好奇，對生活更喜歡冒險與刺激。雖然她的出身只是半山堅道一間小士多老闆五個女兒之中的老大，但是從小幫助父母看管店舖因而閱人無數。在天主教聖瑪利書院嚴格的管教下，她居然讀盡所有修女禁止的文學，看盡所有不應看的藝術電影，再講下去，又是另一章回。美人特別留意的，就是即使不在大熱天或體育課，莎莉都會有一股異樣的狐騷味。自幼稍有潔癖的虞美人，莎莉肯定不能與她成群。

但是莎莉的甜言蜜語卻蓋過了她任何的瑕疵，有次她告訴虞美人是多麼有氣質，多麼的美，白先勇小說的女主角寫的都是她。《謫仙記》是她的青春，《尹雪豔》是她的風華，《一把青》是她的愛情，《金大班》是她的墮落，《遊園驚夢》簡直就是她晚年的寫照。虞美人在莎莉的形容之後，趕緊買了本晨鐘出版的《臺北人》翻讀，一看之下，雖然都是下場不好的悲劇人物，但是對喜歡唯美過唯美的虞美人，正中下懷，照單全收。確實感覺小說中的女主角不是自己的寫照就是自己想要做的。莎莉說，妳太天真，現實中誰不想做個亂世佳人？但是總得有條件，妳就有資格，讓我跟著妳，看著妳，管著妳，雖然現在沒有亂世，做個絕代佳人也好。金鉤鉤，銀鉤鉤，發誓妳做《西廂記》的崔鶯鶯，我就做妳永遠的紅娘。

莎莉告訴虞美人我要妳做到我所有做不到的事情，我要妳做到一個我做不到的我。我要妳做到所有中國人都看到的「美的代言」！

但是為了這個「代言」，她可付出了多少代價。或者可以說，莎莉替她安排了多少代價，讓她付出。但是這也是虞美人自己心甘情願的。虞美人離開了學校，母親就離開了她。她親自把母親送到自己男朋友的手中，然後堅強地對母親說，妳走了，我會沒事的，妳會快樂，妳一定會快樂。真像電影中的對白，然後母親就真的走了，留下她一個人，好狠的心。

你們都好狠的心，把一切都留給我一個人去面對，一個人住在空洞的繼園臺。莎莉，就是妳，這個時候把我內心變成一個八卦、貪圖小便宜、愛慕虛榮的妳，但是外表卻把我塑造出一個大方高貴清新脫俗的我。莎莉，妳首先把我分開成兩個不同的我和妳。沒成功把我變成電影明星，但是卻不費工夫地把我做成「美的代言」，因為妳把我嫁入豪門。

但是我的感覺上做還是有那麼一塊缺陷，而這塊缺陷好像愈來愈大。譬如說，以往我穿哪個牌子的衣服，用哪種顏色的口紅，都會上婦女版的頭條，時尚雜誌的封面。那個時候，只要有我的亮相，就有鎂光燈的閃亮，因為我在海運大廈開了一家最大的歐洲時裝店。那個時候，所有的報章雜誌和朋友，都稱讚我的品味都說我比明星更美。那又怎樣？直到有一天看了費里尼的《露滴牡丹開》[1]，那個帥哥記者稱讚戲中的艾諾愛美[2]「比電影明星還要美」，這句話真是講到我的心坎上。但是我親愛的莎莉，妳可不可以不要提醒我，這一切都是靠我先生的後臺，可不可以不要告訴我，那些封面需要花錢去買的，記者也是需要「飲茶」。記得最初妳說記者需要「飲茶」，我以為只是純飲茶聊下天，原來是送個紅包。後來我有了新聞價值，妳說記者又要找我「飲茶」，我問這趟應該給多少，妳說這趟有收入，他們是要買妳的離婚新聞。我說怎麼世界就變了，誰說我要離婚，我怎樣都不會離婚。

不過這個世界真是變了，香港更是一日千里，每個人都開始懂得自己的本錢，時裝店也愈開愈多，雜誌一本比一本厚，漂亮的人滿街都是，海運大廈的時裝店一早就完成了它為我的歷史任務。莎莉，妳還說要我做所有中國人都看得到的「美的代言」。之前，香港看到的就等於所有中國人都看得到，但是現在中國人看得到的，居然香港看不到。

但是妳居然替我接了一個環保廣告，奇蹟似地重新讓我掌握著「美」的「話事權」。莎莉，妳到底做了多少功夫？替我花了多少錢？最好不要讓我知道。
Beautiful People 是不可以有銅臭的，別忘了我的名字是虞美人。

1—露滴牡丹開—　臺譯《甜美生活》，一九六〇年意大利導演費里尼拍攝的電影，曾獲得金棕櫚獎。故事講述小報記者流連在娛樂圈、上流社會、文藝圈子中，見盡聲色犬馬，卻無法尋獲快樂而有意義的生活。

2—艾諾愛美—　法國女演員，在《露滴牡丹開》中飾演百無聊賴的社交名媛。

雲裳艷后

志氣的消磨，也不是一朝一夕。

虞美人走進置地廣場的 Dior，碰到剛走出門口的王菲與趙薇，手牽手嬉哈地拿著幾個超大的 Shopping Bag。沒有保母的陪同，也不怕狗仔隊的跟蹤。明星做到這種地步，也算是輕鬆。店裏的售貨員還在興致勃勃地討論兩個明星誰漂亮，遠處又見有個顧客般的男士正在悄悄地講 iPhone，不知是否向狗仔週刊報料。

美人心不在焉的挑了兩件襯衫，就趕快離開 Dior。戴好太陽眼鏡再用手指撥鬆下頭髮，趕緊往置地茶座方向走，因為莎莉一定在那裏等，有她在就安心。但是可能有跟蹤王菲趙薇的狗仔在附近，他們也許會對昔日時裝教母有興趣，亦或許自己想藉這個機會在狗仔跟前快閃，引起他們注意。想到這裏，虞美人不禁面紅。難道自己以往沒有上過封面？但是現在自己已沒有新聞價值。時代確是改變了許多，儘管自己還是美麗，儘管自己仍舊名氣，但是一般讀者要看的就不是妳，狗仔隊拍到的也不是妳。

回想自己當初來到香港的時候，只是穿著學校制服，走在馬路上，就不知吸引了多少路人的眼光。發光吸睛的氣質是天生的，誰說不是。即使母親在自己還沒讀完小學就已經離開了，但是在臺灣嘉義女中的時期，同學就說她就懂得穿制服，一件普通的墨綠上身黑裙，穿在她身上就不一樣。如今好事者將她十五歲時的一張制服照片鋪上網，說是當今誰可以把這套簡單的制服穿得像明星一樣？同學們都喜歡和他走在一起，因為許多男生經過虞美人都會回頭觀望，同學們也順道看一下男生哪個好模樣，這樣才會男女平等。

虞美人知道同學這樣的想法和說法，在臺灣的這個戒嚴時期，這只不過是苦中做樂。一切看似都很平靜，只要一切都循規蹈矩，一切都很自由。孩子們知道哪些書不能看，哪些歌不能唱，有的時候也會找到《南宋英雄傳》[1]來看，周璇的歌曲來聽。辦法總是有，不被抓到就沒事。但是大人就不一樣了，誰對不起誰看不慣誰被打了小報告，有時晚上就會被消失。虞美人一直感覺爸爸和媽媽都是嚴肅的人，不許女兒接觸任何漂亮的東西，母親說任何漂亮的東西都有毒素，會讓人懶惰，放棄理想和自尊，父親嚴肅的面口，就直接告訴了虞美人，美麗不是女孩子應該追求的。蘭姨送了一瓶香水給母親，有晚這瓶香水打破了，第二天母親就走了。很奇怪，家裏留下一個古板的父親，自己卻自由了。忽然間她覺得自己長大了，忽然懂得把不合身的衫裙一把抓在手裏，這裏加點那裏減些，在不超出規範之下，神鬼不覺，就將這惱人的制服化成雲裳。

虞美人雖然知道自己憑著美好的樣貌，可以得到更多方便。譬如升旗典禮都會把她放在第一排，接待市議員的獻花也一定是她，進入公眾飯堂，好的位子同學也會讓她。她覺得美貌這樣東西，帶給她太多方便，她有點不屑這些方便。可能是孩提時母親嚴肅模樣的影響。總是覺得自己應該好好讀書，將來可以做大事。

志氣的消磨，也不是一朝一夕。虞美人到了臺北之後，做大事的信心就被砍去了一大截。來到香港之後，看見母親一箱箱化妝品一袋袋玻璃絲襪往家裏搬，有空的時候也會試用一下，把自己變成另外一個人。看見母親忽然變得溫柔的談吐，虞美人有時不敢相信蘭姨告訴自己，以前母親要參加革命的事。她覺得一個有思想女性的敗壞是道德的崩潰，不可原諒。有次她對莎莉說自己不能原諒母親，因為她不可以看到一個有革命思想的女性，居然為化妝品和玻璃絲襪折腰。

莎莉笑她食古不化，說是我現在只看到了一個漂亮的妳，居然讓所有男同學為妳折腰。

該發生的事總是要發生。十八歲秋天的那個週末，看完「皇后」的兩點半，走出戲院，莎莉說是有人在跟蹤。美人回頭一望，確實不錯，是位斯文男士，衣著入時，年齡反正比她們沒大多少，看來還算正派。原來這男士姓高，叫高永安，自我介紹在中環有間時裝店，想找虞美人做廣告模特兒。美人想，做模特兒不就是拋頭露面出賣色相，當下拒絕。莎莉可不是省油的燈，居然偷偷把家裏電話給了高先生。

於是某天放學和莎莉回家，看見高先生陪著他母親和妹妹，擠在家中的小客廳。虞媽媽泡了四杯咖啡，配合高家帶來的告羅士打西餅，大家似乎相談甚歡。高太太和女兒在中環開了一家最高級的歐洲時裝，一切貨品都是三人親自往歐洲挑選，回到香港只做有限量的出售，廣告登在英文《南華早報》，攝影師不是Kevin Orpin就是Robert Lam，模特兒也是劉娟娟[2]與張天愛[3]的級數。高太太美麗又端莊，最重要的，原來高家和臺北市長高玉樹[4]有親戚關係。知道虞媽媽在香港替臺北委託行做買辦，話題就更加投契，說是將來在歐洲看到了好的護膚品，一定會介紹給虞媽媽。

虞美人對母親的認同只是孩子時的小學校長，肅靜樸實，如今來到香港，髮型衣著雖然還保持著舊模樣，但是談吐之間卻已經有了許多無以言喻的豐韻。聽她談起臺北那些官太太的同學，以前那些無言的不屑現在居然變成談笑風生的話題。不見那平日喜歡的凍頂烏龍，今天為了配合告羅士打的西餅居然泡了四杯咖啡。還說了一些平常女兒從來沒有聽過的客套話，什麼「多多照顧」，什麼「多多包涵」，什麼「畢生難忘」之類的。

有次和莎莉談起那天母親和高太太，莎莉說妳媽媽沒什麼呀，說的都是正常客套話呀，只不過那天妳可能月經來了，看不慣聽不慣妳媽媽的話。但是有了妳媽媽的認同，妳才可以開始了在香港模特兒的生涯。妳知道，我對時裝這門功夫也做了些研究，假如妳是從高家的 Lotge and Colleen 走出來，大家就會認定妳是香港首席模特兒。現在雖然就只有《時式》與《Femina》兩本時裝雜誌，但是紡織業肯定已經開始替代了塑膠花，妳沒聽過李嘉誠早就不做了塑膠花了，現在貿易局也決定要把香港時裝推向全世界。我還知道 Ralph Laurent 和 Calvin Klein 的成衣現正都在香港製造，就連法國的 Cardin 和聖羅蘭也會光顧觀塘、紅磡和新蒲崗的工廠。而本地的高級時裝 Jenny Lewis、Eddie Lau、Judy Mann 和 Diane Fries 等人，更是努力而成功地登入國際時裝舞臺。曾幾何時香港的輕工業愈變愈飄逸，後來索性就連布料都省卻，工業也沒了，變成了看不見摸不著的金融業。

用錢來賺錢，多麼方便，多麼不實在，多麼沒格調，虞美人嘴裏喃喃在唸。還記得高家帶來的告羅士打西餅？這置地廣場就是以往的「告羅士打行」，裏面有間「香港大酒店」，曾是張愛玲小說中的故蹟。虞美人感慨地回憶。雖然和莎莉坐在置地廣場的 Terrace 喝下午茶，心神仍然不定地留意那些狗仔隊在不在，自己起坐的姿勢美不美。莎莉那有興趣懷舊，只顧得誇讚自己女兒在 Goldman & Saches 機構連升三級，莎莉談到賺錢的事兒向來就口若懸河。虞美人看見周邊朋友的孩子都在讀國際金融，每個人回來香港不是做 private banking 就是融資。在金融風暴之前大家賺得不亦樂乎，麻將枱上每個朋友都說自己孩子忽兒又買了什麼新車，一下又搬了什麼新家。金融風暴之後，這些媽媽不好意思再誇讚自己的孩子叻賺錢，但是他們還是照樣換新車住洋房，倒楣的是那些投資者。

但虞美人的兩個兒子，就沒賺錢的命，或者可說，沒這個興趣。他們一個學醫，一個讀法律。有次在家打麻將，順道介紹在劍橋讀醫的兒子大衛給阿姨們認識，玩笑地說：「仔仔，將來你回來可以做整容醫生，替我們做得漂漂亮亮。」兒子說：「妳以為我辛辛苦苦讀完醫，就為了拿把外科刀來劏妳們富婆錢！」大衛語畢，麻將桌上一片寂靜。虞美人趕緊陪罪道歉童言無忌，心裏卻是舒服得打緊，覺得自己兒子與眾不同有志氣。在孩子們更小的時候，每年復活春假都帶他們外出豪華旅行。某年大衛與傑米兩兄弟在準備全家往巴西旅遊前，要求可否坐經濟艙，虞美人夫婦聽了此話，知道孩子不貪圖安逸，驕傲異常，最後連自己都坐了經濟艙。

南美回來之後，兩個孩子嘗試到普通生活的自由，往後的出入更加不用保鏢與司機。至於美人夫婦，僅此一次經濟旅遊，往後二老還是頭等豪華來回。

1—南宋英雄傳— 臺北戒嚴時期，《射雕英雄傳》被列為禁書，地下書店將其改名《南宋英雄傳》及《大漠英雄傳》。

2—劉娟娟— 七十年代紅極一時的模特兒。臺灣人，婚後隨丈夫外派到香港生活，其後復出，獲譽為「香港名模始祖」。

3—張天愛— 香港時裝設計師，曾於八十年代接拍多部電影，後創立Pavlova等時裝品牌，設計風格融合東西方文化。

4—高玉樹— 五十至七十年代三度擔任臺北市市長，後於一九七二年升任臺灣交通部部長。

三面夏娃

她想起柯德麗夏萍的《儷人行》，男主角問：「什麼人吃飯沒話講？」

夏萍答：「結了婚的伴侶！」

莎莉看完手機上的動新聞，關了機，馬上撥了一通電話給虞美人。

「妳看到瑪利亞的官司嗎？跳舞跳出個小白臉，偷偷摸摸就好了，還要光明正大地帶他到黑池參加錦標賽。妳看，現在被 DI[1] 告上法庭，一個鐘千二元，一天八個鐘，週末和加班雙倍，兩年半都已經超過一億，說是只收過定洋兩千萬，白紙黑字其他的到現在還沒拿到。贏輸是一回事，但是這個臉可丟大了，事關妳們上流社會名媛的聲譽，妳一定要出來表態。文華下午茶再詳談。」

美人確實在慈善舞會上看過瑪利亞表演熱辣的 Rumba，也見過那斯拉夫的 DI。這種拉丁舞和國標的優雅確是有所不同，它將人類所有原始的慾望和邪念，都用身體語言表達出來，愈貪婪則愈迷人。那晚瑪莉亞就和現在跟她打官司的 DI，當著所有穿金戴銀的貴賓前，眼神飢渴地彼此相望，穿著少得不能再少的緊身舞衫，瘋狂地扭動豐臀。那金髮碧眼的斯拉夫 DI 則一身白色貼身壹件頭，胸前開叉直到肚臍眼，完全表露出舞男的事業線。二人在舞池中擺出各種愛的動作，令人想入非非。莎莉説，假如這不是在舞臺上那麼多人看著，私底下分分鐘兩個人就來真的。一舞完畢，眾人還得上前恭喜舞會贊助人瑪莉亞的丈夫，表面上稱讚夫人的表演就是藝術的巔峰，背地裏卻閒話連篇。

虞美人回想起，當年選美出身嫁入豪門的四大美人：瑪莉亞、茱迪、安妮和德烈莎想找她一齊做個慈善組織，説是替需要人士捐款籌錢，這樣可以更加投入香港社會，生活也會更加多姿彩。那時她剛生了第一胎，整天在家中做闊太太的生活也無聊，時裝店的生意基本上都是莎莉打理，心想認識些新朋友也不是個壞主意。但是莎莉就是不讓，總是説東講西阻止她。美人甚至有點懷疑莎莉是否想獨佔她的友誼。莎莉説妳去看下她們的賬：一個珠光寶氣的豪門夜宴籌了五百萬，結果所有開支扣了下來，只捐了數字的十分之一。四大美人身上的四大名牌是誰付款？四大美人的公關公司又收了多少交際費？公司妳又沒份，除非妳有份才可參加。我怎麼會要有份，虞美人道，這是慈善耶，莎莉，妳是不是想在她們公關公司也佔一份？美人講完這話就後悔，可能莎莉真的想要一份，但是講得那麼白，面子放到哪？莎莉聽了這話整整兩個星期不理虞美人，說美人污蔑了自己人格。

不過莎莉這次可是對的。二十多年來，四大美人的公關公司不單包辦了城中所有的慈善舞會，還包辦了時裝雜誌的所有社交版。誰要攀爬上流社會，就要買這四大美人的怕。有次四大美人在福臨門吃飯，看到了虞美人的兩個兒子大衛和傑米，說是這麼俊俏的男孩，又是這麼好的家世，正是我們需要的新血。哪，虞美人，平常我們的慈善舞會每張檯子都要十萬，送妳一張最好的，你們一家四口再找八個美麗的伴侶共襄盛舉，我再給妳找個 Tatler 的封面，擔保羨煞全香港。傑米，你現在還在讀書還是已經做事了呢？大衛一定是哥哥，看樣子就是比較老成，你們年輕的朋友一定會玩得開心，就算是阿姨們送的聖誕禮物啦。

那次的舞會果真衣香鬢影，船王的五姑娘居然和老大穿了同一款 Armani，淺水灣的胡太太換了個男人居然就是南灣李小姐的前任還要看著李小姐在舞池中親熱地和胡先生恰恰恰。但是這些都不夠搶眼，最矚目的是虞美人那張最當眼的 VIP 檯，空了十個座位。大衛和傑米告訴母親他們年輕人不來這一套。

管你年輕人來不來這一套，老人家也自有他們的一套。衣香鬢影結束後，麻將臺上其他的名媛暗地竊笑，這趟四大整形美人又可共遊比華利山，再補幾針Botox和Filler，或許隆胸抽脂，或許來個午後鑽石血拼Afternoon Diamond Shopping，甚至找個世界冠軍的DJ挑個好地方跳個茶舞。唉，這個年頭銀紙多過日子，怎麼辦？莎莉很驕傲地說，幸好沒讓妳和她們混在一齊，要不我也會認不出妳這塊臉，肯定整得像這班深宮怨婦，買鑽石跳茶舞，把妳弄得俗不可耐。

難道我不是怨婦？虞美人對莎莉說。是妳把我的形象包裝得完全不食人間煙火，好像我是生活在象牙塔裏，七情六慾全無。莎莉說，對的，妳就是一個完美的榜樣，像以前電影公司包裝明星一樣，我要妳在這個骯髒的社會裏做朵一塵不染的白蓮。

虞美人也真讓莎莉做到了這點。即使社交名媛圈子中的頂級人物朱玲玲，也要經過分居離婚再婚的變故，虞美人和丈夫結婚三十多年，雖然彼此感情淡如白水，但是還共同生活在同一個屋簷下。她想起柯德麗夏萍的《儷人行》，男主角問：「什麼人吃飯沒話講？」夏萍答：「結了婚的伴侶！」他知道莎莉最了解自己丈夫，畢竟是莎莉安排自己去把他搶來。好像是找到了一個很好的飯票，什麼都不用擔心，但是卻是食之無味棄之可惜。

莎莉說，可能妳先生有了新的女朋友，她說那又怎麼樣，只要他不告訴我，我就不知道。莎莉告訴她，可能他在外面有了孩子。是又怎麼樣，只要他不告訴我，有錢人世家誰不在外面有孩子。忽然她想起亦舒有本小說，女主角也是當紅的模特兒，瘋狂地愛上了一個時裝設計師，她的監護人警告她，這個男的是有男朋友。女主角回答，做我們這一行誰沒有男朋友？真 Cool！這本小說也有了三十多年，她還是在飛往米蘭做 Show 的飛機上看的。

起碼莎莉沒有告訴她，她丈夫有了男朋友。有又怎樣？

生活中莎莉幾乎替虞美人做了所有想像中要做的事，虞美人感覺上也做了，居然還能保持所謂的純潔。

有次和莎莉到了羅馬，坐在西班牙石階的路邊咖啡店。有個青年上來搭訕，一身講究的穿著，俊俏的拉丁輪廓，百分百的 Bella Figura 魅力，但是一看就知是賺遊客錢的舞男。莎莉對美人打了個眼色，美人無可無不可地笑了一下，接著戲就由莎莉主導。永遠都是漂亮的那位小姐不發一言，配角莎莉與拉丁俊男接腔，話題與興趣當然都是圍繞著主角虞美人，打情罵俏則全是莎莉的紅娘戲。談笑中美人偶爾用中文優雅地回答一兩句，這種異國情調更令拉丁男情不自禁。

遊戲的尾聲，莎莉問美人應該怎樣結束，美人說喜歡的話請他回酒店再喝一杯。於是三人回到 Via Veneto 的酒店套房，美人在酒櫃拿出兩個酒杯，加了些冰塊，倒了些威士忌給二人，然後對莎莉說自己要下樓辦點要緊的事，兩小時後回來。美人出門前在酒吧枱上留下五百美鈔，回頭一笑，大家都心知肚明。

其實美人也沒上哪兒，只是在大堂獨坐，拿了份雜誌隨意翻看。心中卻在盤算這場景在許多電影中也曾見過，通常是媽媽生帶著紅牌接客之後的等待。但是這晚劇情卻完全與傳統背馳。俊男喜歡的是她，她也接受這挑逗，最後上場的卻是丫環。俊男完全不介意，莎莉更加興奮，而她自己也得到某種莫名的刺激，三人各得其所。想到這裏，美人拿起酒杯，唇角方接觸杯口，卻又想到樓上的動靜，決定狠狠地性感地喝他一大口馬丁尼。

那俊男兩個小時後下樓，和大堂的美人打了個照面，二人笑了一下，似乎一切都盡在不言。莎莉常說美人變態，美人也決不否認。很多時候她也不了解李清照的那種憂與怨是怎樣去面對，可能舊時人的生活簡單，感情不及現代人這樣多元化。正邪不兩立，潘金蓮就是潘金蓮，個性單純鮮明，決不需要現代人替她們翻案。

虞美人最近常想，現在的年輕人想要些什麼？沒有家底的吵鬧說是一輩子都是無產階級。有家底的又是想盡辦法榨取無產階級剩下僅有的希望。正邪真是不能兩立，大家吵吵鬧鬧沒完沒了，也真分不出來誰對誰錯。一個拉丁舞 DI 簽個合同就可以拿兩千萬訂洋，假如打贏了官司，身家就是過億，這類的新聞安分的年輕人怎麼看的入眼？以往的年輕人只是希望讀好書，將來可以為社會做事，做個有用的人。她也是朝著這個目標教養自己的兩個小孩，大的學醫小的法律。但是自己本身卻是浮華出身，所思所行，都帶著虛榮的本質，其身不正又怎能正人。

母親離開時，她想起以前怎樣批評自己的母親。一個有革命思想的女性，居然為化妝品和玻璃絲襪折腰，現在想起來，母親是為了要把她帶出臺灣而向現實低頭。一股衝動，她想念住在巴黎的母親，樹欲靜而風不止，子欲養而親不在，她想馬上飛去巴黎。但是想到了以往無形的背叛，這衝動馬上消失。

這趟美人沒答應莎莉的茶聚。說是兒子大衛身體不太舒服，小兒子傑米又忙著參加反國民教育的遊行，釣魚臺的中日紛爭更鬧至沸點。紛亂的心情在文華酒店下午茶，還要研討三面夏娃或千面女郎的問題，是否太超過。

---

1 | DI | DI即 Dance Instructor 之縮寫，舞蹈教練是也。

瑪莉皇后

母親搖醒她，把她抱在懷裏，告訴她母親要走了，但是總有一天會回來。
然後把她帶走，因為她是母親的明珠。

自從母親離開了嘉義之後，就沒有再回去過。即使是和父親分開了那麼多年，她也從來沒談過離婚的事，就是因為不想再回到這裏。父親來到嘉義後，卻也不曾離開過。母親走了，後來虞美人也走了，他就一個人孤獨的留在精誠二村。虞美人倒是在這數十年中，幾乎每年都會回家探望父親，最後一次是帶著成長的傑米，回到嘉義參加父親的葬禮。父親一生與世無爭，當年只不過順著時代的洪流，隨著國民黨十萬青年軍來到了臺灣，沒想撈到一個陸軍文官小小的職分，接著又遇見了小學校長江建萍，虞美人的媽，異地逢親，不須戀愛也就成了親。

父親的脾氣守舊，從來不羨慕任何虛榮的東西。像是他們住的精誠二村，只不過是嘉義的一個小小陸軍眷村，戶數七十來，和水上區的空軍凌雲二村相比，超過三百戶人家，自不可同日而語。虞媽媽的精誠小學，總共算起來也只不過有六十多個學生。這個小地方，小眷村，小學校，小家庭，對於虞爸爸來說，已經十分足夠了。但是對於曾經有進步思想的虞媽媽來說，似乎還是有距離。

九歲那年，臺北有個美麗的阿姨下鄉來看母親。見到這孩子第一面，就盛讚是個美人胚子，說道，妳的皮膚嬌嫩的就像白雪公主，瞧我，艷的就像她的後媽皇后，就叫我蘭姨吧。美人聽不懂這話的意思，大人也不覺得這話語有何幽默，但是蘭姨在眷村出現，確實起了不大不小的騷動。她乘搭著自己的吉普車，穿著一身亮麗的洋裝，戴上一副白框太陽眼鏡，揚塵而臨這簡樸的精誠二村。村子裏的人都驚訝，說是校長怎麼會有這樣特別的稀客。小童們緊跟著小汽車奔跑，車子停在竹籬笆的門口，蘭姨像是銀幕上走下來的派對女郎，後邊跟著帥氣的司機，手上拿著一袋袋的禮物。走進虞家，高跟鞋的聲音清脆響亮。虞美人除了有次戲院看見穿了一身像美人魚亮片旗袍登臺的劉亮華[1]之外，還沒見過這等摩登仕女。

那次蘭姨下嘉義，就是想要舊同學替她上臺北幫忙委托行的生意。來一趟當然少不了洋煙洋酒西點糖果的打點。另外送了母親一瓶香水，美人對它記憶尤其深刻。那是一個透明的玻璃瓶，裏面盛滿了淺咖啡色的液體，瓶口密封有色無味，瓶上貼了一張西洋碧眼銀髮古裝宮廷美人畫。母親說這畫上的美女是法國大革命的罪魁禍首，瑪莉皇后安東尼。這「瑪莉安東尼」本是墮落的象徵，但是蘭姨的情誼難卻。蘭姨告訴虞媽媽，以前覺得法國大革命把這瑪莉皇后送上斷頭臺，眞是大快人心，如今發現擦抹這「瑪莉安東尼」，也是大快人心。女人生下來就是要男人疼的，逃難走多了，我覺得我們應該安靜下來享受一下生命。

還記得抗戰時我們沙坪壩[2]五朵金花？那時我們都立下大志要報效國家，宋家三姊妹還特別召見我們，說是國家的未來全在我們年輕人身上。我看那時最受感動的，就是妳這個小妹妹，說是為了中國的富強，願意奉獻終生的幸福。現在想起也真可笑。喜歡唐詩宋詞紅樓夢的妳，又怎麼前進得起來呢？告訴妳，現在除了我和妳，其他的三朵花都已經做了官夫人，都在臺北。妳也真是奉獻了大半輩子的幸福，還真是做了個小學校長，雖然整個學校也只不過幾十個學生。

還要告訴妳，前些日子妳們隔壁村的空軍被共匪打下了兩個駕駛員。他們的未亡人帶著可愛的小孩，到了婦聯會[3]去見蔣宋美齡，總統夫人說可以為她們做些什麼，漂亮的那個說是想做空中小姐，能幹的那個說是要做英文打字員。結果空中小姐因為懼高始終沒有飛到馬祖[4]，打字小姐的信也一直沒寄到白宮。兩個漂亮的未亡人在臺北都嫁的很好，現在是我委託行最忠實的客戶。

父親其實也是第一次見到母親的同學。顯然，沉默的父親並不習慣蘭姨抽煙的舉動，母親也被這多年不見同學的談吐，觸目驚心。孩提的虞美人，望著三人各懷心事的表情，也不知道應該怎麼辦。晚飯後蘭姨又與母親外出散步，此後母親開始和往常有些異樣。有時母親會夜晚一個人拿出那瓶香水，望著發呆。

蘭姨離開之後，村裏就開始傳言虞媽媽怎麼會有如此這般的妖嬈的同學，遠處空軍眷村的飛官太太們也會過來打聽委託行的事，有機會上臺北中山北路看看正牌五號香奈兒，想著都夠奢侈，還說若報上名是虞媽媽的朋友，不知會否有個大折扣。

有一天母親自己一個人上了一趟臺北。回來帶了許多衣服玩具，也帶回了許多新的唐詩宋詞紅樓夢。母親開始打開那瓶「瑪莉安東尼」，每天做完飯就會抹下幾滴香香的水。父親並不欣賞母親這個新舉動，母親開始和父親吵架。有天父親看見母親又在抹香水，憤怒地搶過那瓶子往地上一扔，瓶子被打得稀巴爛。母親對父親這過分的舉動也沒任何憤怒反應，獨自拿了掃帚清理地上玻璃的碎片。

平日的香味今天怎麼那麼濃烈刺鼻？虞美人記得那天晚上睡夢中，母親搖醒她，把她抱在懷裏，告訴她母親要走了，但是總有一天會回來。然後把她帶走，因為她是母親的明珠。

1—劉亮華—發掘李小龍的劉亮華曾經隨「翡翠湖」赴臺灣登臺。

2—沙坪壩—抗日陪都重慶一地名。

3—婦聯會—臺灣軍隊照顧眷屬組織，由蔣宋美齡創辦。

4—馬祖—金門馬祖，臺灣最接近大陸之軍事島嶼。

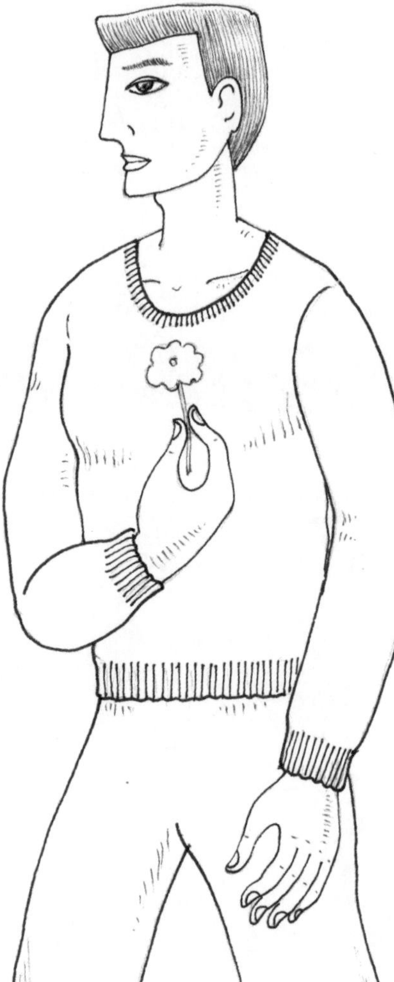

婉君表妹

美人關門的時候，眼眶有一股熱淚湧上。

她感覺，不知是喜，抑或是憂。

臺灣嘉義有間垂楊國小，從日據時代開始就座落在垂楊路上。不遠之處還有嘉義女中，虞美人的初中三年，就在這裏度過。

這裏以往叫「朝日町」，四十年前，是一條小溪旁邊種滿了柳樹的桃源之路。春夏之際，柳樹的嫩葉垂落在小溪上，秋冬雖有落葉，確因寶島四季如春，絕無蕭條之感，煞是好看。勝利後國民政府接收了臺灣，就改名為垂楊路。戀愛中的男孩女孩都喜歡來到這垂楊小溪畔，把腳踏車靠在一旁，就卿我起來。人約黃昏雖是浪漫時分，亦是蚊蟲雜聚出沒之時，尤其是溪畔野草叢生。女孩回家，母親問，上哪兒去啦？女孩答，去補習了。母親望著女兒腿上被蚊蟲咬的纍纍痕跡，嘆道：補習班裏有那麼多的蚊蟲，怕不是和什麼人上垂楊路去玩耍罷了？今天發的成績單拿出來看看。母親一看女兒的成績全是甲等，心裏一高興，就對女孩何時同何人在垂楊路做些啥事也都不在乎了。說道，換條長褲把紅豆冰遮掩一下，爸回來沒事的，我想補習班裏的蚊子確實是多了一點，下次給妳準備些防蚊水。

一九六五年虞美人十四歲，情竇初開的時候在補習班認識了家暉。也曾和家暉上過學校旁的小溪看黃昏，也被蚊蟲咬過，但是回家後卻沒有母親的叨嘮，父親也沒追問她的成績單，因為母親已經離開她與父親。

在不遠「白川町」的補習班裏，美人補的是數理，家暉則是在英文的課室出出入入。美人第一眼就留意到家暉，雖然很多人都留意到美人，但是家暉眼中似乎只看到書本而見不著她。美人就是喜歡挑戰，不單要認識家暉，還要把他得到手，然後讓所有人不知道。

漂亮的女孩認識朋友很容易，保持友誼則需花些功夫。於是美人介紹了香港的「表妹」給家暉做筆友，英文通信，說是最佳英語補習。

美人在香港沒有表妹，只有一個數年不見的母親，但是卻有許多《南國電影》或《國際電影》[1]徵得的筆友。其中一個真的答應假裝她表妹，代替轉信，於是美人和家暉就結交成咫呎天涯的筆友。由於「表妹」住香港，這十里洋場大都會對純樸的臺灣郎，確是有好奇的吸引力。

最初補習課後，家暉會約美人一齊吃刨冰。家暉喜歡問美人「表妹」住的是怎樣，上的學校是怎樣，課外活動又怎樣，有沒有宗教信仰，有沒有男朋友⋯⋯美人喜歡看家暉問話的表情。其實許多問題在美人「代」表妹的覆信中已有答案，只不過想在美人口中再得到證實。有些問題他不便在信中向「表妹」提起，只希望在美人口中得些風聲，譬如男朋友一事。家暉感到自己從來沒有過這樣的好奇與多事，覺得交「筆友」不夠男子漢，卻又有一種莫名的快感。

發展到後來，二人在補習班課前的黃昏，都會約在垂楊路相見，談談「表妹」的近況，互相交換一下英文通信的心得。看似郎才女貌與其他情侶相若，實則同床異夢，各自思想。

美人的快感是專心一意塑造「表妹」，「她」有百分之八十自己的性格：美麗大方。另外的百分之二十又將表妹造成冷漠、孤芳自賞、崇尚虛榮。美人希望家暉與表妹產生感情後，再加上港臺兩地的遙遠不可能，家暉能將愛意從表妹轉到自己身上。

有一次，美人偷偷地找了一件過分時髦的美國教會救濟物資[2]中的時裝，再戴了頂帽子，又抹了些化妝品，到了眷村外面的照相館，拍了一張很不像自己卻又很自己的照片。就說是香港的表妹，寄給家暉。這張照片引起了些許風波，因為通信許久，家暉從未收過「表妹」的照片。如今見到，除了衣服和髮型不同之外，其他和虞美人是一個樣子。家暉懷疑是兩表姐妹在捉弄，寫了封嚴厲的追究信。美人也用責備的筆調回信，說家暉不應對「表妹」懷疑。垂楊路畔家暉於是又找美人傾訴，由於這件事情的發生，居然二個人的關係又拉近了許多，美人想，亦或許他和家暉的關係，很快就會像這路上其他的人一樣。

為了追求家暉，美人不可想像自己會製造出那樣多封英文信，雖然大部分是抄襲其他筆友。然後還要轉信、拆信、貼膠紙、補地址然後再偷偷地送到家暉的郵箱。簡直像部間諜片，而自己就是瑪泰哈莉或川島芳子。她成功地讓家暉愛上了表妹。在垂楊路上，她雖然歡喜看見家暉談論表妹的興奮之情，卻絲毫感覺不到身邊這表姐失望之意。美人累了。

終於，家暉收到表妹的最後一封信。信中簡單道來，她要遠行求學，以後沒空保持通信，緣分總是有盡的一天，若有機會，天涯海角自會重逢。那個冬日的黃昏，在沒有樹影的路上，家暉拿著這封美人自己寫的信給她看。憂鬱地說：「假如有空的時候，只要收到她一張明信片，該多好。」他們總共通了三十二封信，這些信件的傳遞，就代表了美人的初戀。也代表了許多不能理解的問號。像美人這般明亮的女孩，為何偏偏選擇一條崎嶇不可能的路去走，她做的事與她美麗文靜的外表又是多麼不配襯。

愛情就是那樣喜歡開玩笑，美人佈下的羅網，造了一個像她的人物，而她比那創造的人物更加完美可愛。家暉卻沒有因那些瑕疵轉移自己愛戀的目標，也更因為那些缺陷，家暉永遠沒愛上完美的虞美人。

垂楊路終於被填平成普通的柏油大馬路，在他們都嘗試過人生的苦與樂，美人早已忘卻「表妹」筆友一事。其後，偶然機會二人香港重逢。那晚，家暉送美人回家，分手前，問了一句：「有妳表妹的消息嗎？」

這時，她知道家暉永遠不會忘記「表妹」。「表妹」其實就是自己，卻不能告訴家暉。美人關門的時候，眼眶有一股熱淚湧上。

她感覺，不知是喜，抑或是憂。

1—南國電影、國際電影— 邵氏及電懋電影雜誌均有徵友欄。

2—美國教會救濟物資— 六十年代臺灣物質缺乏，因而接受美國教會環保衣物。

蘭姨

一個人最重要就是要有自己的「樣子」。有人一輩子也沒有一個「樣子」，有人只有「樣子」卻沒有實際的材料，有人的「樣子」太多，分不清真假。

一九六七年香港五月風暴之後的四個月，虞美人從嘉義精誠二村坐了四、五個小時的公共汽車，來到臺北。因為虞美人的母親千辛萬苦替她辦好香港居留，要把女兒帶離戒嚴中的臺灣，來到自由的香港。

這是美人七年來第三次見到蘭姨。司機把美人和行李放進屋內，一聲不響就把吉普開走。蘭姨在客廳收了電話過來迎接美人，正如第一次一樣，也是戴了副象牙色白框太陽眼鏡，穿著漂亮的洋裝，高跟鞋聲音一步步清脆地走向虞美人。這次場景是在夜晚和室內，蘭姨的聲音有點顫抖，好像方才哭過，又缺乏出現在眷村時的氣勢。太陽眼鏡後的眼睛是腫的，但是又像任何事都沒發生過。她剛吩咐阿姨把虞美人安頓好在客房，廳裏的電話鈴又再響起，她趕緊去接聽。通話中說著說著就哭了。由於蘭姨的情緒激動，美人也躲避不了聽到其中的一些對話。似乎是她的司機和「五月花」的酒家女搭上，還讓人珠胎暗結。蘭姨激動得又大聲哭叫說了些「我們怎麼那麼容易受騙」「我不想活了」的話語。美人開始有點不明白，懷孕的是「五月花」的酒家女，為什麼司機的女主人不想活？但是阿姨用山東國語給她一點，就馬上通了。

那山東阿姨在鋪床的時候，忍不住對才搬進做客的小女生說，長大了千萬不要喜歡好看的男人，漂亮的人永遠都沒有心肝，吃妳的住妳的用妳的，但是心就不是妳的。那「五月花」的阿娟，也沒啥不對，陪酒能做到「五月花」，也不是容易的。就怕那山地郎將來也要吃她的用她的。做女人是多麼不划算。

但是第二天，蘭姨又打扮得漂漂亮亮，精神奕奕地和美人一起共進早餐。西點麵包牛油果醬煎蛋配咖啡，桌面上擺的都是刀叉圍巾，這是虞美人第一次看到又吃到西餐。蘭姨很有耐心的講解枱面上的禮儀，還說了些鄉下人吃西餐的笑話，把昨天哭鬧的事完全置之腦後。吃完早餐抹完嘴補上口紅，然後若無其事地牽著美人的手，讓那位戴著雷朋眼鏡的司機把她們送去中山北路的委托行。

蘭姨是虞媽媽中學到大學的同學，同是四川人，同樣是生長在中國動盪的時代，同樣有著救國救民的理想，同樣隨著青年軍來到臺灣。虞媽媽嫁到嘉義後繼續她的理想事業，蘭姨卻認識了某個滯留在臺北的京劇團，和他們結緣之後就開始過著另一種生活。學壞容易學好難，假如這句話是對的，「奢侈」這兩個字肯定就是代表「壞」。蘭姨天生對美麗的物質有種情愛的觸覺，隨著劇團的姐妹認識了些有錢的票友，沒多久就和官太太們及上流社會打上交道，在中山北路開了一間高級委托行。

蘭姨在臺北一個人住在和平東路的小洋房。正因為委托行這一個跳板，蘭姨又重逢了許多當年的老同學，原來她們都放棄了救國救民的大道理，做了不無折扣的有錢人和官太太。沒多久自己也嫁了一個陸軍的二星上將，還把丈夫和勤務兵司機阿姨搬到自己的小洋房，又沒多久丈夫就心臟病走了，把司機吉普和官太太的頭銜留給了她。有了這個不一樣的身份，委托行的生意愈來愈大愈來愈好。

她那講山東話的阿姨，替她打點這精緻小洋房的一切。那個精壯的勤務兵司機，輪廓很深，皮膚黝黑，大家管他叫侯司機。蘭姨說他有點像《日光島》[1]的那個黑人明星，山東阿姨則說他是阿里山的深山人，像是野人。虞美人雖然在《南國電影》和《國際電影》徵友欄交過兩個香港筆友，電影上也看過好萊塢的電冰箱和白電話，但是真正接觸這摩登世界，吃西餐坐私家車，雖然是配給的吉普，雖然只是在臺北，但是和眷村的樸素是完全兩個世界。

美人在臺北住了整整一個月。白天蘭姨就帶著她上委托行，讓美人在店裏做點雜差事，其實是讓這鄉下的小孩見多點世面，將來到了香港千萬不能丟臺灣人的臉。晚上回家吃完飯之後，就會和美人聊聊天，有以前的事，也有新近的趣聞，感覺就好像是自己的女兒一樣。最後要就寢的時候，蘭姨總會讓小妹妹先回客房，然後自己喝一杯白蘭地。半醉的時候，山東阿姨和侯司機會一齊扶她上樓，之後就只有山東阿姨一個人下樓。

美人總覺得侯司機和蘭姨有種特別的關係，有的時候像主僕，有的時候又不像。每當蘭姨對侯司機大聲發脾氣，侯司機就會馬上皺起眉頭走開，蘭姨再追去下房敲門，侯司機也不會回應。最後總是蘭姨躲在客廳一角哭臉。有次美人看到去安慰，她把美人緊緊抱在懷裏，訴説男人的壞男人的不應該。美人被抱的有點窒息感，思想卻有點一知半解，心想家暉愛上表妹而沒愛自己，是不是也是壞？那天她的確感覺蘭姨的胸圍太硬，裏面一定放有鋼絲，要不她的胸口怎麼那麼挺。

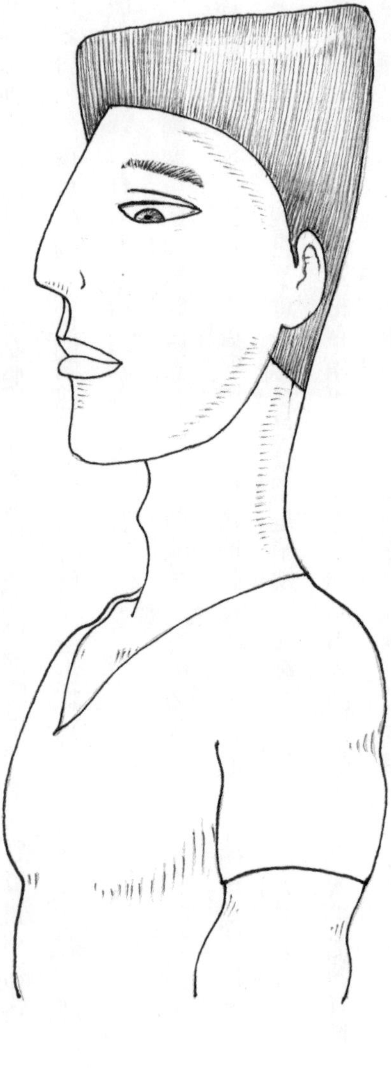

「線條」這兩個字可真是可圈可點，本來這是繪畫的筆法，直線和曲線構成的感官視覺。蘭姨的胸圍裏暗藏了鋼絲，就讓她的胸口挺直，更加有曲線美，更加誘惑動人。但是骨子裏，還是硬綳綳的鋼絲，缺乏了海綿的柔軟度。而侯司機的那份如假包換硬朗的山地粗獷，卻是自然流露的男人魅力。虞美人覺得家暉有一種中國傳統書生的優雅，但是總覺得缺乏了些什麼。她覺得侯司機有一種不理睬的冷酷，穿上制服時，總覺得他制服底下的肌肉，喜歡挑引旁人一種不自然的感覺；戴上雷朋太陽眼鏡，更加神秘。侯司機從來沒有對她笑過，美人也沒有看過侯司機對蘭姨笑過，話都不多說兩句。但是每天晚上，侯司機上樓之後和蘭姨做了些什麼，她也不知道。只是蘭姨每天早上都會如沐春風般地姿彩下扶梯。

沒有哭臉的蘭姨，就真像自己的良師益友，蘭姨所教授給她的，又特別容易接受容易懂。就像那天蘭姨讓美人分辨衣料的等次，什麼質量的棉麻絲綢，好壞她一摸就上手，顏色的搭配和場合的分寸，美人好像天生就會，一點就通。穿上怎樣的衫裙要配上怎樣的姿勢，不用教授，小女孩自然也會對著鏡子自我陶醉，像舞蹈般的慢動作擺出各種舞姿。

蘭姨說一個人最重要就是要有自己的「樣子」。有人一輩子也沒有一個「樣子」，有人只有「樣子」卻沒有實際的材料，有人的「樣子」太多，分不清真假。但是住在臺北短短的一個月，美人很快就有了樣子。有時蘭姨望著美人，也曾有過邪念把她介紹給自己圈子裏的老男人，或許可以鞏固自己在這險惡社會的地位。但是她沒這樣做，即使想想也是缺德的，把自己好朋友的女兒。

有次看著美人穿著自己的旗袍，在穿衣鏡前學自己走路的姿勢，蘭姨不禁笑話美人可是天生的交際花。美人第一次聽到「交際花」這名詞，還問這種花在哪個國家才有，何時候開花。

蘭姨聽見美人這樣問，可才真是笑的開花。妳這般豆蔻相貌，配上這等天真的口齒，假如放到「五月花」，大夥兒搶妳可會搶翻了天。唉，建萍又哪想到自己會生了這樣的一個標致女兒？妳長大了想做什麼？什麼？妳想做「金馬小姐」[1]？也太腳踏實地了，一點也沒有志氣。憑妳這等姿色，將來起碼也可以選個「中國小姐」。千萬別像我們那個時代的女孩，一步一步實在地走，稍有差錯，就終身被人看不起，但是那是過去。

妳看，我的房子、店面、車子還有身上穿著手上戴的，都是用「差錯」換來的。我是完全豁出去的人，也不怕別人看不起，至少我有物質生活在成就我。妳母親就不一樣了，她來到臺北，還想保留她高尚的情操。多少我的朋友覺得她特別，但是她不將就，不肯走捷徑。就從我委托行的售貨員開始，認清路子一步步地走。妳媽是個能幹的人，來到臺北的委托行工作很快就上手，現在香港做的多好，獨當一面，連妳都可以接去。

說著興奮起來，蘭姨進房拿出一本相簿來看，裏面許多她們年輕時的照片，美人從來沒有看過母親以前的樣子，美得有氣質。是眷村糟蹋了她，是這個時代浪費了她。蘭姨告訴美人，什麼都是假的，最重要是生對了時候。妳母親還有最大的一個毛病，就是使命感特別強。明明可以是享受的命，卻偏要進步搞革命。為理想為中國，哪輪到我們這類小人物。蘭姨說每個人生下來都有不同的命，有的幸福，有些悲劇，有人自己會去改變，有的怎樣都改不了。不要以為好就是對，壞就是錯，一切都只不過觀點與角度的問題。蘭姨記得虞媽媽年輕最大的願望就是要中國強大，後來在眷村重逢她時，已是一個黯然無光的眷村小學校長。

但是來到香港不到五年後，虞媽媽居然有辦法取得香港居留權，就把美人接來，說是二人將來相依為命。虞美人記得母親替她訂了「四川輪」的特等艙，七年不見，母親看著美人出落得亭亭玉立，說是天上降下來的仙女。

虞美人知道這一切都來得不易，剛剛離開戒嚴時期的臺灣，就踏入了一九六七暴動的香港，進入一個前所未見的新世界。

1 一日光島一　一九五七年上映的美國電影，講述在一個虛幻的小島上，黑人男主角愛上了前來旅遊的白人女子，然而這段愛情不被當時封閉的社會所接受，最終走向崩裂。男主角是Harry Belafonte，荷里活頂尖的非裔美國明星。

2 一金馬小姐一　臺灣經濟起飛前的長途豪華公車，車長稱「金馬小姐」，女士時尚職業。

英雄本色

有誰敢說後悔當年的遊行？有誰敢說眼淚白流了？有誰敢說不要平反？

虞美人不敢，至少章詒和敢說八九學生領袖素質是歷年來學生革命最差的。

從大衛的房裏走出來，虞美人看見二兒子傑米正抱著一疊文件，另手提著公文袋，匆忙地準備走出大門。

傑米回頭看見母親樣子滿懷心事，停步說道，都叫妳別老是去大衛的房間，這樣他會不高興的。然後快速兩步上前，準備給虞美人一個告別親吻。今晚不回家吃飯，上完法庭打官司接著就要去中環抗議「國民教育」，說不定會被抓去警察局，到時候可能要妳和爸爸來保我。對了，別老悶在家裏，快找莎莉阿姨陪妳去看下拍賣，買顆紅寶戒指開心一下，別老往哥哥房間跑。

美人望著眼前這全港最年輕的「資深大律師」[1]，心裏自不然就會和他哥哥比較。哥哥是位充滿愛心的溫文醫生，弟弟則是滿懷正義與理想的大律師，雖然性格完全不同，但是對真理與同情的追求與看法卻是一般樣。傑米小的時候最喜歡看《英雄本色》，尤其對狄龍與張國榮的那段兄弟情特有感觸，覺得假如讓自己做上張國榮的警長角色，那黑白二道的對峙就肯定不會槍林彈雨，像影片的結局。因此立志要做警察，說是要維持社會的秩序，要幫助被欺壓的一群。傑米九歲的時候就自動地加入「少年警訊」[2]，導師們都說這個小孩有領導能力，又夠主動，將來一定是社會棟樑，進入政府一定壯志凌雲，官運亨通。

哪知八九年五月份的那個颱風夜，虞美人帶著十來歲的兩兄弟走到維多利亞公園，冒著八號風球的狂風暴雨去集會遊行。接後的日子又在電視上不停地看著烽火的鏡頭。這個赤熱的暑假過後，傑米主動地退出「少年警訊」，說是不再相信任何的政府，要去學法律，最終目的還是要幫助被壓迫的一群。

虞美人其實有點後悔當年帶著兩個孩子投入這改革的洪潮。眼看當年站在最前線英姿迷人青年們如今的模樣，又怎不令人失望。莎莉常說，這些年輕人的成長缺乏有個人好好管理他們的形象，就好像我管住妳一樣。美人說，政治怎可以是一個空虛的形象？「民主」二字真是如此珍貴嗎？還是一個顛覆的藉口？但是年輕人就是會相信它。

有誰敢說後悔當年的遊行？有誰敢說眼淚白流了？有誰敢說不要平反？虞美

人不敢，至少章詒和[3]敢說八九學生領袖素質是歷年來學生革命最差的。於是美人想起南懷瑾先生引用孔子的話語：「人有三個基本錯誤是不能犯的：德薄而位尊，智小而謀大，力小而任重。」

就像這趟反「國民教育」的運動，誰敢說句反對的話？虞美人不敢向傑米提出自己任何的想法。她以為「國民教育」只是作為一個國民認識自己國家應有的知識，怎麼會變得如此激烈的抗爭。她不明白前一天還看見釣魚臺勇士登島插國旗唱國歌，第二天就馬上參加反「國民教育」運動。傑米說，媽，妳不懂民主就別發表意見，她覺得也對。

但是那天佩芸在她的雜誌上說，在臺灣受的公民教育，就等於是現在的「國民」教育，禍害了她的一生。虞美人就決不認同。她覺得從小的教育就讓她對國家有一種歸宿感，雖然每天升旗唱國歌，肯定有洗腦的作用，但這也是一種認同。她還懷念以往臺灣戲院電影放映前的國歌，令人有種莊重的感覺，心定了下來，連帶看的電影也有了分量。

來到香港之後，最初很不習慣沒有國歌這個項目，後來發現電視在午夜節目結束前也會放奏《天佑女皇》，所以看節目一定等到最後新聞之後的女皇玉照出現，才捨得關機。傑米說，媽，這就是洗腦。還有，九七回歸後開始每天六點半就播放《義勇軍進行曲》，洗腦排在收視率最好的時段，妳說共產黨厲害不？

美人也承認這是洗腦，但是也因為這樣，她覺得自己是個不折不扣的香港人。那年沙士橫行，莎莉勸美人外出避難。她沒答應，因為感覺香港給予自己那麼多，忽然有難，雖然自己也貢獻不到什麼，就要離開拋棄，她做不出來，會看不起自己，還是留下來和大家共同生活。她清晰記得那年四月香港電影節和莎莉去看陳果的《人民公廁》，文化中心一千五百個位子全滿，每個觀眾都戴著白色口罩，多麼奇特的景觀，這就是團結的香港。

母親對傑米說，現在香港已經回歸給中國，你就是中國人，應該了解融合在祖國的一切。我年紀大了，做過臺灣中華民國人，也做過殖民地的香港人，再要習慣《義勇軍進行曲》，我辦不到。但是你們這一代和下一代，真的就是中國人，你們也可以稱自己為「香港人」，但是那和「上海人」、「北京人」、「四川人」等等是沒有分別，只是個符號，不可以再是以往的「香港人」。如今你是「資深大律師」，以往叫做「女皇御用大律師」，其實制度上完全沒改變，但是你已永遠沒資格用「女皇御用」四個字，難道你這年輕人在潛意識裏也緬懷過去？

媽，妳的腦子真是有很大的問題！傑米啼笑皆非地吻了下母親就快速地走開。

望著傑米漸逝的背影，美人自嘲，我只是捨不得香港以往留下來的回憶。而你，我親愛的孩子，是否只是利用民主的口號，作為不做「中國人」的藉口？但是那又如何？

美人轉身望著角落大衛的房門，想著這可愛的孩子又會有些什麼不同的看法，大衛一定會公正的，想到這裏她就安心。

1 資深大律師　源於殖民地時期隨英國制度而設立的「御用大律師」，在香港回歸後改稱「資深大律師」。資深大律師由終審法院首席法官任命，執業達十年以上、表現出色並品行良好的律師才可申請成為資深大律師。

2 少年警訊　香港警務處轄下的會員制非營利組織，於一九七四年成立，青少年可以申請成為會員，透過各種活動培養社會責任感和領導才能，並加深對警方的了解，積極參與撲滅罪行。

3 章詒和　內地作家，中國民主同盟和中國農工民主黨創始人章伯鈞的二女兒。曾出版《往事並不如煙》，書寫父輩在政治浪潮中的恩怨情仇。此句對學生領袖的批評來自《成也不順矜，敗也不須爭》一文。

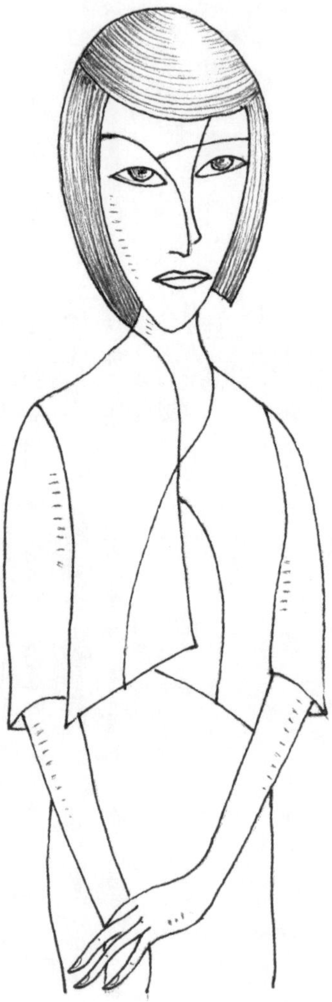

流金歲月

美人十個月在巴黎學會了吸煙喝酒放縱，學會名女人應有的節奏，學會了許多，也失去了更多。

有段日子虞美人和莎莉來到巴黎，都喜歡住在「麗池」，這家香奈兒和戴安娜王妃都喜歡的酒店，如今正進入兩年的裝修期，暫停營業。莎莉提議「文華」，但是聽說傑米的律師朋友也住過，說是酒店大堂的溫度不符理想，第二天就換酒店，搬到和諧廣場上的 Crillon。年輕人的要求也太高了吧。怕是傑米跟律師朋友說起，母親不介意那大堂的溫度，住了「文華」，豈不笑話？

有段時期美人也喜歡住在皮耶卡丹的「馬克西姆別館」，那裏非常的靠近總統府愛麗舍皇宮。卡丹先生自己也住附近的馬戲街，有天請莎莉和她到家裏坐，樓上那寬大的 Art Deco 客廳把整個總統府花園一覽無遺。莎莉說住在這真好比總統府。卡丹笑道，那皇宮裏的總統經常更換，我卻一直住到現在。但是這次二人想往他的「馬克西姆別館」，卻又停止營業，聽說卡丹先生要斷捨離，把它賣了。

何況虞美人的心態近年返璞歸真，對那種典雅的奢華已不十分熱衷，所以這次兩個人還是在 Place Vendome 附近的一條小街，找了一家乾淨的小旅館 Standhal，出入也算方便，熟悉的街道都在附近。她喜歡拖著莎莉的手徒步 Palais Royal，那古舊的皇宮裏精品小店如雲，香港的 Joyce[1] 也開了一家畫廊，以往替資生堂超模山口小夜子造型東方妖媚妝的 Serge Lutens 也有專門店，邁克文章裏說這家香水別具一格。但是美人喜歡上 JAR 去買，偌大的店面只放七瓶香水，莎莉說，這香水能養得起店面嗎？美人說這香水只有紐約和本店有得賣。有人說過：「不化妝，沒精神，沒香水，沒前程。」這「前程香水店」的主人是備受歐美名媛吹捧的珠寶設計家，在附近的 Faubourg St Hororé 有店面，普通人不得其門。不遠有家臺灣服裝店，也要打進國際市場，在 Rue St Hororé 上。地址只是隔了一個街口，在巴黎人眼中就有分別。

回想七三年的一個四月天，香港貿易局首次來到巴黎推廣香港成衣，就叫 April in Paris。剛下飛機就遇上一陣風雪，劉娟娟趕緊拉著虞美人和其他模特兒們來到凱旋門拍照留念，大家都非常的興奮，畢竟是第一次來到花都看到下雪。虞美人回想起來真有點美夢成真的感覺。以往心願只是做個臺灣長途公車的「金馬小姐」，怎知今天會來這時裝大都會和群芳競艷。說來還是心怯，像個不知天高地厚的小孩，進入了花團錦簇的大觀園，拿著自己幼兒班的圖畫，希望得到一些注目的眼光。

酒店是香榭麗舍大道附近的 Le Meridien，虞美人和同樣來自臺灣的劉娟娟同房，大家國語交流，同聲同氣，非常親切，二人興奮地天南地北說長道短直到清晨，完全忘了疲勞。方想入夢，卻又聞到廚房傳來濃烈的咖啡味，再加上烘焙牛角包的白脫油[2]香，味蕾喚醒意志，頓時睡意全消。那種興奮與天真，至今難忘。也就憑著這新鮮與興奮，全無顧忌的走上時裝的舞臺。即使那些同臺的都是世界超級模特兒，虞美人自我感覺超標的青春，絕對沒有被她們比下去。

貿易局的工作結束後，神通廣大的劉娟娟帶著虞美人繼續留下，在巴黎接了幾個 Haute Couture 的 House Show。跟著娟娟也認識了許多傳說中的設計師，她覺得 Givenchy 優雅，Pierre Cardin 霸氣，Jean Louis Scherrer 親切，美人還跟著娟娟去看她做 Jean Patou。哇！全是頂尖的名牌，那時 Prada 都不知在哪裏。

有個經理人 Pierre 要娟娟留下，說是歐洲缺乏東方模特兒，有市場。但是她捨不得香港的丈夫和兒子，推薦虞美人。Pierre 說美人不夠高，不夠氣勢。Givenchy 卻說這女孩有獨特的氣質和青春，卡丹說只要我吩咐高田美[3]做一下公關就成。還沒輪到時裝大師開口，虞美人膽子一怯，就和娟娟回了香港。

兩年後虞美人重回巴黎打算走上天橋。當年喜歡她的設計師們，忽然都有了不同的意見。不是嫌她高度不夠，就是說她青春不再，優雅不足。嘴皮上的稱讚是免費，實際簽約工作又是另一回事。當年嫌她不夠氣勢的經理人 Pierre 又出現，說是不走天橋貓步，都可以做廣告模特兒，因為他有門路。於是美人就在巴黎留了下來。那經理人對她的照顧也算是周到，最初不是給攝影師拍 Test Shot[4]，就是找化妝師替她改變新的造型，要不就拿著自己的 Portfolio 去廣告公司拜訪，說是多些走動就多些曝光。

最初她也很樂意，兩個月之後，還沒有接過一份有酬勞的工作，又開始有點心急。

Pierre 有時會想盡辦法替她找一張時尚酒會的請柬，還要經過保鑣照 X 光似的目光才可進場，說是只有在這種社交生活圈才會遇到有影響力的人，只有他們才會幫妳達到真正的時尚，雖說時尚就是喜新厭舊，但是新人也得付出代價。尚未開竅的虞美人，以往在香港只有機會等她點頭，如今撐著一晚的笑容，目光空白發呆，自問，我在這裏做什麼？白羊座的夜晚她是如此的寂寞，某次夢到也在巴黎的母親，她責怪自己為何想她。

偶然的在路邊咖啡座認識了 Loulou de la Falaise，以後跟著這個聖羅蘭的設計師一切都變了樣，Loulou 的臉就是一張活的招牌，所有紙醉金迷的場合只要跟她都暢通無阻。一忽兒在楓丹白露的派對見到 Mick Jagger 的太太陪伴著維斯康帝的 Helmut Berger，一忽兒又在蒙馬特的派對看到 David Hockney 和數位金髮碧眼美男同行。記得有一次遇見 China Machado，這位名叫「中國」的五十年代墨西哥名模，穿著像慈禧太后般的東方龍鳳袍，斜眼飄望虞美人的一身聖羅蘭，只講了一句話：「中國人到外國就要有中國樣。」當時她以為 China Machado 驕縱，如今可知這話講得真對。

不要以為「美麗」只需要天生。走上了時尚這浮華路，尤其是在花都這個地方，一切都是需要金錢去培養。模特兒身上穿的聖羅蘭衣服可能可以打個對折或三折，但是也需要花錢去買。在聖協曼租的小房間即使像麻雀巢一樣大，每天吃的都是最簡單的法國麵包和芝士火腿，上下交通不是地鐵就是公車，也都需要一張張法郎去養。香港帶來辛辛苦苦的紙幣，一眨眼就坐吃山空。虞美人這時才知道，一個人在外，生活是多麼的艱苦。她也嘗試過三天沒有正式吃過一餐正常的飯，只有在參加派對雞尾酒會的時段，簡單地將三明治和香檳酒混在一起果腹。還要優雅地裝作不屑這些小品點心，說是為了保持身材，不能吃得太多。她看到周圍太多尚未成名的美女，都有男朋友的照顧，或是和不同的男朋友們吃不同的飯。她們都告訴她，模特兒本身就是藝術行為，藝術這門東西，是要靠著金錢去養的。古今所有的藝術家，在掙扎的階段，都要做些犧牲，像是米高蘭基羅的金主就是教皇。名成利就之後，你又可以找一個更年輕的去扶持，像是羅丹找了更年輕的卡美兒。機會就是這樣來來去去。

虞美人不相信這些來來去去的機會，但是日子實在不好過。怎麼樣都不像在香港，機會總是在等著自己，生活一切的應付也有莎莉。很多個夜晚，她責怪自己為什麼不生長在豪門之家，有穿不完的漂亮衣服，有聽不盡的讚美之聲。

她甚至責怪住在同一個城市的母親，搶走了自己的男朋友，絕情地把她留在香港一個人奮鬥。即使如此，也沒有想過去找她，因為找她也沒有用，母親一定沒有錢，這個時候只有金錢才是萬能。

就在這個時候，她遇到了美寶夫人。只需要她稍微彎一下腰，美寶夫人就帶她真正走進了巴黎上流社會。她感覺這美寶夫人很像臺北的蘭姨，住在高尚的十六區，養著一個粗壯的司機，一位阿爾及利亞的女管家，認識的不是男爵就是侯爵。美寶夫人還會帶著她去看全裸的「癲馬夜總會」，晚上喝完香檳，吃完魚子醬，總會在溫暖的火爐旁讀 Collette 的小說給她聽。最後還給她選了第一個公爵男朋友。她也感覺自己就是法國浪漫小說中的女主角。不過公爵之後還有許多，她都不介意，反正她不在中國人的圈子，也沒有什麼廉恥可說。

美人十個月在巴黎學會了吸煙喝酒放縱，學會名女人應有的節奏，學會了許多，也失去了更多。但是她都會藏放心中，她覺得只要是中國的女性，就應該這個樣。學成後回到香港，外貌更加漂亮，內心已變了另一個人。莎莉到啟德接機，二人見了面大哭一場，莎莉哭的是「妳累了，妳終於回來了」！心中確實不捨，但是美人終於有了「韻味」。為了這二字，她的內心已經枯竭，外表卻完全看不出。美人也哭了。

也就是這個時候，莎莉說妳可以嫁了。

廿一世紀的某個秋天，兩個好朋友又來到巴黎。聖協曼大道旁的戲院正上映時尚教母 Diana Vreeland[5] 的紀錄片，虞美人觀賞後對莎莉嘆道，時間這惡魔真是可怕！不是嗎？一切都已成過去，還要緬懷。Vreeland 代表的是她們那一代的奢華，那本是一個樸實的年代，奢華只是一個夢。Vogue 和 Bazzar 就讓人們用眼睛去旅行，去感覺那個夢。祖母明星瑪蓮德烈治[6] 拍過一則英國航空公司廣告，伸展美腿，側身坐在飛機座位，說道：BOAC[7] gives you more legroom！那時乘坐一趟飛機，要花多少積蓄！

那時候要登上 Vogue 和 Bazzar，多高的門檻，哪像如今金錢可以買到一切和時尚，還送到你跟前，如今你我都有中文版。Anna Wintour 怎麼和 Diana Vreeland 相比？Kate Moss 又怎可以和 Veruschka 及 Marisa Berenson 相提並論？又有哪些攝影師可以和 Beaton、Bailey、Avedon 相比？虞美人在七十年代巴黎的派對上見過這些六十年代美女藝術家的風華，再看下四十年後銀幕上的她們，莎莉說：「這些過氣模特兒也不打扮一下就出鏡，太不尊重自己。」美人覺得「過氣」二字用得重了些。

八十年代就是時尚大眾化的來臨。為了迎接這個時代的來臨，七十年代 Vogue 炒了 Vreeland 的魷魚，因為她不懂得怎樣去平凡。

二人又回到了秋天的巴黎咖啡座。她們向來喜歡坐在露天咖啡座看來往的人群，美麗的、平凡的、時尚的、傳統的、怪異的、老的少的……都讓你看個飽。當然你也坐在那兒讓穿梭不停的路人看個飽。這個世界其實很公平，你看人，人也要看你，就在互相看來看去的當兒，時間就從手縫中偷偷溜走。只有那些拿著你豐厚小費的侍應們，數十年都在那裏，看著你們不斷地更換衣服，替換朋友，然後看著你們老去。

某年她們看了一部電影《流金歲月》，朱鎖鎖和蔣南孫喜歡到石澳海灘看男孩，從十七歲看到二十七。二人感慨道：「時間過的真快，轉眼我們就是老女人了！」當年三十出頭的虞美人和莎莉聽見這對白，哈哈大笑，二十七歲就自稱老女人，那我們怎麼辦？但是她們倒是真的喜歡箇中幽默。私底下二人有一個默契，每到一個地方坐下，左右兩位就是鍾楚紅與張曼玉，坐上誰的位置，講話的語氣都得像戲中人。莎莉總喜坐到左方鍾楚紅的位置，虞美人也刻意讓她，因她自身的命運，和朱鎖鎖十足樣。

她們兩個人的友情也超過了四十年，多麼漫長的一段旅程。莎莉看著虞美人踏入聖瑪莉中四甲班的教室，就確定自己是喜歡她，決定一生一世都要陪伴著她，陪她做功課、逛街、看電影、護著她走上天橋之路。虞美人成功的時候，她在那裏，沮喪的時候，她也在身旁。她看著虞美人變成虞美玲又變回自己，看著她母親離家出走，看著她遠征巴黎，看著她的改變，分享著她的戀愛得失，然後看她嫁入豪門，分攤她的快與不快，經營她的時裝生意，經營她的形象，還在一切都還沒有成熟之前的改革開放中國，推虞美人成了華人區域第一個「美的代言人」。她看著美人兩個兒子出世，看著他們家庭的變故，陪著她到世界各地尋樂，然後留意一切將被時代巨浪淘汰前，保護著她心靈的安寧。

莎莉也有自己小康的家庭，都是平凡人，寫在浮華的文字上也只不過短短兩行。但也自有他們的福氣在，難得他們體諒，覺得生活在大眾眼光下的虞美人，只有莎莉這個朋友可以信賴。

美人一直感恩有莎莉這樣的一個朋友，陪伴她走過生命中如此多的荊途。她的個性內向，許多事情一直都放在心裏，但是到了最後還是會和莎莉透露。她總喜歡愛上不愛她的人，對真正愛她的人，卻又異常冷漠。她是愛母親的，卻怎知母親愛上子明。四十年來沒有相見，是不原諒母親還是子明？難道是自己真的這麼無情？還是太在意愛她的人，愛上不愛她的人？多麼混淆又過分文藝的說法，十分肉麻卻又真實。

到底什麼是愛？她懂嗎？記得小時候父親時常將就母親，但是並沒有對母親說些她喜歡聽的話，或者做她喜歡做的事。父親是一個嚴肅的人，他們一起並沒有太多的歡笑，那時候的人可能就是這樣。母親是眷村小學的校長，雖然也是愛她，但是要求自然比較嚴格，凡事不苟言笑。家裏有個李媽，生活起居全靠她，總喜歡抱著美人親親，喜歡唱歌講故事給她聽。在母親還沒離開眷村之前，要是問她到底愛誰，一定回答李媽。母親在的時候三個人一塊兒吃飯，離開之後飯桌只坐兩個人，一直需要愛的她，從來不覺父親愛過她。

她又真正愛過誰？她埋怨父母的疏離，她埋怨莎莉的親密，她埋怨丈夫的霸道，有時連兩個兒子過分的醒目她都埋怨。但是她的埋怨，外表一點都看不出。問一下真心的自己，她有真正愛過他們嗎？或許她也真的愛母親，要不怎麼會四十年都不見一面？假如她對母親的恨是那麼地深，愛也會是那麼地深。那年大衛在倫敦帶著病和她乘坐火車從倫敦來巴黎看母親建萍，誰知竟錯過了。一錯又是多年。

這個秋天，虞美人終於找了莎莉一齊來到巴黎，唯一的目的就是看一下八十左右的她，免得日後有悔。

1 | Joyce | 香港服裝集團，由百貨公司永安的後人郭志清和丈夫馬景華（百貨公司先施後人）於一九七〇年創立，店舖以銷售自家品牌及代理外國著名品牌的時裝、化妝品及飾物為主。

2 | 白脫油 | 即牛油（奶油），乃英文 Butter 的音譯。

3 | 高田美 | 皮埃卡丹日籍女助手，將卡丹事業全球化之重要人物。

4 | Test Shot | 模特兒與攝影師互惠的免費拍照。

5 | Diana Vreeland | 法國時尚名人，獲譽為「時尚教母」，曾任著名時裝雜誌 Harper's Bazaar 的專欄作家及時尚編輯，後任 Vogue 總編輯。熱愛紅色，對時尚有獨道見解。

6 | 瑪蓮德烈治 | 德國女演員及歌手，別具異國風情的性感美腿女神。三十年代曾活躍於影壇，二戰後則專注發展歌唱事業，曾參演電影《藍天使》、《摩洛哥》等。

7 | BOAC | 英國海外航空公司全名縮寫，為英航 BA 之前身。

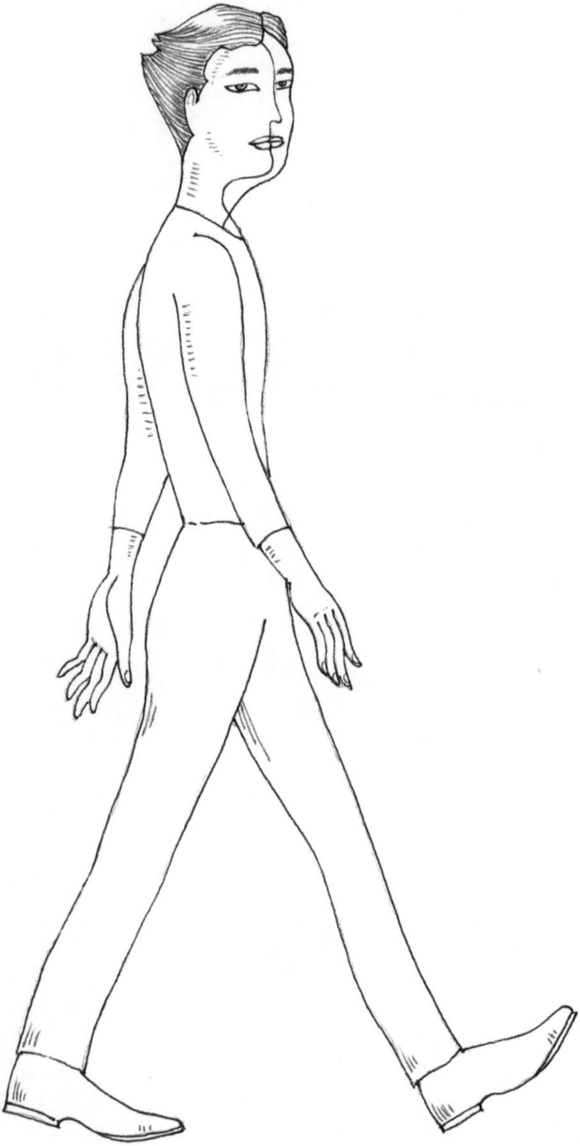

追雲

她抬頭望著碧藍天空上飄浮的朵朵白雲。那些雲彩怎麼移動的那麼快，卻又變換出如此多不同的顏面，大衛老了之後會是哪一張？

秋風中巴黎漫步。走過 Gucci 童裝的櫥窗，看見一個窗櫥男童模特兒，穿著灰色法蘭絨西裝配深藍卡基褲，襯衫則是歪歪斜斜的燈芯絨，腳上一雙圓頭炭黑猄皮童鞋，煞是可愛。莎莉說這身童裝太好看，是三、四歲大孩子穿的，可惜只能穿上一季，最好生個弟弟，次年又可以再穿，才不浪費。美人聽了，不覺悲從中來，當街熱淚盈眶。莎莉知道她又在想念大衛，也不知如何安慰是好。

虞美人抹乾眼淚，說聲對不起，牽著莎莉的手往愛瑪仕的方向走去，說是想找件秋天的呢絨大衣回香港過冬。過馬路的時候，瞳仁中還是有揮不去大衛的影子。

美人的兩個兒子，大衛與傑米，也正是相差十四個月。哥哥大衛出世的那年秋天，正是他父親在矽谷接到電腦公司專利通過的那年。這是虞美人丈夫第一次不靠家蔭取得成就，真是雙喜臨門。美人最記得父親第一次抱起兒子的那個眼神，高興得瞳孔都在發光。他親愛地對美人說，這個孩子來到我們家中，就是一個緣分，要好好珍惜。父親講的簡單，但是誠意都在，美人很感動。那年的冬天，也就是臺灣發生「美麗島事件」[1]的日子，美人在北加州聖侯斯的公寓裏，一手懷抱著襁褓中的大衛，另手書信給臺灣的舊友，說是改革將要來臨，麻煩總會有些，一切美好的事物總有代價。

大衛這個孩子，一生下來就沒給家裏帶來任何麻煩。不哭不鬧，眼睛張開的時候永遠都會關注地望著你，睡覺的時候又會帶著微微的笑容，似乎真是有個甜美的夢。傑米來了之後，更加對弟弟照顧兼讓步。孩子慢慢長大，和自己的感情特別的好，整天陪著媽媽，喜歡牽著媽的手，喜歡聽媽講話。記得六歲的時候，有個阿姨笑話男孩子和女孩子的不同，說是女孩子長大了還是自己的，男孩長大了就是老婆的。大衛馬上說句：「媽，我不要長大。」把美人和朋友笑翻了天。

莎莉說得很對，相差十四個月的孩子，弟弟總有機會穿哥哥的舊衣，但是母親天生對時裝有不同的觸覺，虞美人望著精緻的哥哥，想下自己可能有少許偏心，總是會在第二年改衣服的時候，就把弟弟的形象設計的稍許粗糙。或許這裏故意剪個洞加塊補丁，要麼把袖子全部改短，再不乾脆把衣領剪掉，而這些更改也正中傑米調皮的心懷。傑米有次說，媽，妳把哥哥的衣服改得這麼難看給我穿，即使我還沒長大，也不要跟在妳身邊。但是總會加一句：這些衣服同學朋友都喜歡，說是很「酷」。美人明白傑米說的玩笑話，知道傑米對哥哥舊衣的喜悅，知道自己還是時裝敏銳人物。

大衛長大讀書後，學業體育都好，人又長得英俊瀟灑，不知迷倒多少女孩子。但是他很有分寸，與她們的往來都是止乎禮。於是醋意十足的女孩子就會惡意的說，大衛是不喜歡女孩子，因為他只喜他媽，是戀母狂。大衛也從來不為自己辯護，還是一個人獨來獨往，其他時間的女伴就只是母親虞美人。虞美人也決不避「母子戀」嫌疑地去欣賞大衛，舞會裏的他、球場上的他、書房電腦前的他、坐在跑車旁的他、擠在地鐵的他、「六四」維園人群中的他……只要望到他，虞美人就會自問，不知是哪輩子做了什麼好事，生了這麼個好孩子。但是為什麼看不到他的缺點？有次美人和丈夫吵一架，之後倒在兒子懷中哭訴。只要有大衛的安慰，美人的怨氣就煙消雲散，但是那天美人鼓起勇氣，說：「我的感情和缺陷你全都看到，為什麼不讓我看到你的？」大衛笑著說，那是因為妳愛我，看不到而已。那年大衛只有十五。

十七歲之後兩兄弟都先後到英國唸大學，兩兄弟同樣進入劍橋。一個準備行醫濟世，一個說要打抱不平學法律。二人學業成績名列前茅，做父母的還能要求些什麼？除了老土地希望他們好好成家立業，娶個漂亮的老婆，生堆漂亮的孩子，也可稱「唯美人生」，不就是這樣嗎？記得有年暑假兄弟二人從英國回來，大衛整個人比平日更容光煥發，走到哪兒都像是有音樂跟隨，母親問是不是在戀愛？傑米本來很鬼馬的想說些什麼，後來看到哥哥給了他個眼神，就把話給吞了下去，他們倆兄弟也真是心連心。但是做母親的也真是多心，就像她會問大衛「是不是在戀愛」，而不敢問「是不是交了女朋友」，她擔心大衛會有異樣的答案，怕自己受不了這個刺激。

很多時候虞美人真想問問大衛是不是不喜歡女孩。其實她也是見過世面的人，尤其是做模特兒這一行，男的女的，哪一個人沒有男朋友。但是在中國家庭倫理的觀念下，這種事又和解放的時裝界大有不同，做母親的又怎能直接問得出口？莎莉說妳不敢問，我問。美人回答：事情還是等到發生的時候才去面對吧！唉，不知「出櫃」這英語詞彙又是怎樣得來的，衣服明明好好放在衣櫃裏，幹嘛要拿出來穿在身上亮相讓人批評？出櫃的反應通常稱讚只有一句「夠勇氣」，批評和八卦就是其他人茶餘飯後的話題。

有回她單獨一個人到電影院看《美少年之戀》，最共鳴焦姣從廚房出來，問兒子吳彥祖廚房的糖醋放在哪？吳彥祖像迷宮式的說出在廚櫃的位置。焦姣說：「你老是把東西收得密密實實的，找也找不著。」大衛和吳彥祖倒是真像。但是起碼吳彥祖還帶馮德倫回家吃過飯，幫焦姣熨過衣服，好不一家人。大衛就從來沒帶過朋友回家。

大衛學成歸來，考了香港醫生執照後，還需要做兩年的實習醫生。第一年的某天從醫院下班回來，見到母親有話要說，第一句就是：「媽，我有了愛滋病。」那年大衛二十四歲，公元二〇〇一年。

那天大衛對美人說第二次：「媽，我有了愛滋病。」然後就站在那裏望著僵凍的她。

孩子，我的第一個懷疑都沒開口問，你就已經丟給我第二個最不想聽的答案。你想媽受得了這打擊嗎？你不是不想要長大一輩子陪著媽？怎麼突然拋了個這麼大的題目給我？你怎麼這麼不小心，染上了這世紀絕症？你站在那裏無助的望著我，奇怪我的表情怎麼那般空白，難道期待我說些什麼安慰的話？我實在不知道該說些什麼。以往看見西方名人接二連三的染上這病，然後一個個的離去，大家說，這種事情是很少發生在中國人的身上，說是東方人的體內有一種愛滋免疫的細胞，其實是不想也不敢面對這問題。看見身體消瘦了，免疫系統敗壞了，沒得救，就會說是患了癌症，起碼聽起病情還沒那麼不體面。這件事情應該怎麼樣去對父親說？其實根本不用對他講。父親第一個反應就是不認有這樣的兒子染上這樣不名譽的病。既然這些都發生，只要不把真相一下對父親說的太明白，就可以避免預料中的結局。

美人不知哪來那麼大的勇氣，說道這事別跟父親提，一切由媽來安排。

那年虞美人帶著兒子在寒冷的冬天來到倫敦，因為大衛的病情在香港已到不能隱瞞的地步。她們母子在倫敦 Hampstead 的一所私人中途診所附近租了間公寓，也好相處最後的日子。這段日子，大衛忽然對母親講了許多真心話，美人聽在心底雖是欣慰，卻怕日後回憶更易感傷。

大衛對母親笑說，怕不怕傑米也會是同性戀？美人說簽下生死狀傑米純粹喜歡女色。記得小時候，兄弟二人乘著母親不在家去翻她衣櫃，傑米從衣櫃裏出來，穿上美人最時髦的衣服，既噴香水又化濃妝，還把一串串假珠寶到處亂掛，然後做些古怪表情對哥哥大笑。大衛卻只敢戴上母親的珍珠戒指，仔細品賞那優雅的磷光。大衛說，雖然弟弟那天做足了易服癖的本分，但只是在嘻哈行樂，大衛卻知道，當自己望著珍珠的光芒卻有異樣的心情。他是不同的。他也的確遺傳了母親那種優雅隱瞞的特質，從來不開口說出自己心事。

中學時候，籃球校隊一位同學對他特別細心，總有些似是而非的情愫。為了保持友誼，大衛從來沒上前一步。後來這同學交了許多女朋友，總喜歡假期中找大衛傾訴女友們的不是。即使如此，大衛仍然感覺某些電波傳送過來。美人聽了嘻哈大笑，說這種人叫 Cock Teaser，滿腦子都是邪淫念頭，卻又不敢，只有在挑逗中尋樂。大衛說這種人多可憐。美人說，你母親就是這樣的人。媽，妳不是，只不過妳沒遇到妳真正愛的人。傻孩子，媽當然遇過自己喜歡的男人，那個男人還跟你媽的媽走了。

大衛更是好奇，母親從來沒提起過奶奶，因為在家裏只有爺爺的存在，母親口中的奶奶是一早就離開家庭與野男人跑了。大衛想知道更多。虞美人也不知什麼原因，把自己的故事和盤托出，繼園臺的那些日子。當然還有樓上的梅太太。大衛並不驚訝那梅太太是個男人，說是現今的社會，到處都有。母親形容，那梅太太喜歡穿著花旗袍，在草綠鵝黃的水磨樓梯上下穿梭，只為想多看子明兩眼。大衛說，慾望是沒有年齡限制的。然後再加一句，我也好奇那個可以做我爸爸的子明，到底是帥成怎樣。大衛更加驚奇，自己的奶奶居然就住在一海之隔的巴黎，和同居的年輕男友每天看著《紅樓夢》與《追憶逝水流年》，太酷了。忽然間，大衛最大的願望，就是去巴黎看一下他的親奶奶。美人其實也有點心動，畢竟將近三十年了，有什麼不能原諒的呢？於是讓莎莉在母親寄來那一堆信封上拿了個巴黎地址，就和大衛來到拉丁區。

美人很清楚記得那天是農曆的小寒，灰色的天空飄零著片片雪花，走到了門口二人還興奮地討論該說些什麼話才妥當。誰知樓下的門房太太告訴他們先生夫人到美國愛荷華大學去講學，半年才回來。看著母子二人失望的樣子，請他們進入室內，泡了兩杯咖啡，還給了他們一個美國的地址。大衛用流利的法文和門房太太聊天，問的當然是奶奶的種種。美人望著大衛，口中安慰六個月之後再來巴黎看奶奶，心中卻擔心六月後大衛還在嗎？

大衛也曾拖著那疲憊的身子，陪著母親到劍橋看他以往走過的路。三一書院這是他花了五年求學生活的地方，以前住過的宿舍窗外就是劍河，可以看見遊河人及學生們在清溪划船。隔壁就是最大的英皇書院，那裏的大教堂古老出名又漂亮，大衛說他的愛人就是在這裏認識，叫彼得，也是讀醫科。他們有同樣的抱負，希望學成之後能到落後的地方行醫濟世。他們都不想做平凡的富家子。他們是第二年才認識，彼得是那樣地愛他，確也把愛滋傳了給他。大衛並沒責怪彼得，說是年少瘋狂誰人無，不知者無罪。彼得開始用「雞尾酒」療法，病情控制得很好，完全不像病人，但是所有藥物及療法對大衛都無效，大衛說這也是命。

大衛問母親可否見下彼得？因為二人還是相愛。美人忽然歇斯底里的大叫不要。這男子把世紀絕症傳給我的兒，還要我和顏悅色與他相見？辦不到，怎樣都辦不到。傑米在長途電話中告訴母親，彼得是哥哥的第一個男朋友，真心的愛他，但是哥哥並不是彼得的第一個，也不是唯一的。但是他們瘋狂的熱戀，沒什麼道理，也絕無對錯。美人知道，大衛在最後的日子裏，不可能沒有彼得，內心她已不再在乎，只要他不在自己面前出現。

就這樣她看著大衛一天天地消瘦，當春天來臨的時候，她會用輪椅推著薄弱如紙的大衛，到 Hampstead Heath 散步。她會把大衛的身體用毛毯包得像粽子一樣。母親就是這樣，生怕孩子會冷著，卻永遠不怕他們會熱壞。Heath 裏面有一個小小的花園，大衛會向母親說出每一朵花的名字與生長。美人奇怪孩子怎麼知道的這麼多，如此博學。大衛又告訴母親，在 Heath 的另一個角落有間 Kenwood House，Julia Roberts 還有許多明星都來拍過戲。還告訴母親，在 Heath 的另一個森林，就是同志們尋歡作樂之地。美人聽了嚇了一跳，怪大衛説話怎麼這麼直接。大衛道，人都要走了，這時不直接還等何時？但是我可沒有來這裏尋歡作樂哦！大衛語氣幽默，母子二人大笑半晌，直至笑中帶淚。

晚春以後的大衛，脆弱得連下床都困難。幾次想對母親開口要見彼得，但是沒說。不見也罷，留下美好印象也是道理。

大衛在善終醫院斷氣的那天，莎莉與傑米都陪伴著傷心的虞美人。父親始終沒來還是堅持不要這個兒子。難過的時候美人走到後院透氣，雖然春暖花開，感覺卻是那樣蕭瑟。窗裏看見傑米帶著一位英國青年，到了大衛的床前，伸手撫摸大衛枯竭的臉，知道那就是彼得。這男孩怎麼長得如此優秀與健康，怎麼和大衛那麼相像？為什麼他會把病毒傳給自己兒子，然後自己卻可以靠著藥物好端端的站在那裏？為什麼他們要相愛？

她不想再看病房裏那張會令她心碎的臉孔，她抬頭望著碧藍天空上飄浮的朵朵白雲。那些雲彩怎麼移動的那麼快，卻又變換出如此多不同的顏面，大衛老了之後會是哪一張？去非洲做義工又會是哪一張？到了巴黎見到奶奶又是哪一張？她希望老去的大衛是一張平凡不加修飾的普通的臉譜，她不要像彼得那張俊巧的面譜。不知是哪個部落族的迷信，總要在過分美麗的娃娃臉上劃一刀，留個疤痕，說是這樣才能快高長大。

大衛離開了之後，虞美人終於又來到了巴黎，為的是替大衛還他一個願望。走過人潮中的塞納河，直接來到拉丁區子明和母親建萍的家。

走進客廳第一眼，就看見牆上掛著那幅繼園臺時期魯迅的字，斜擺的書桌上除了堆滿了筆墨紙硯和書本，還放著她十八歲的模特兒照，就連鏡框都不曾替換。她隨意掃望，滿屋子的書，放在書櫃上的，堆放在地上的，整齊和不整齊的，翻開一半的，疊放的……這些書本忽然散發出一股異香，美人頓刻感覺可以分辨每一本書每一張紙的味道，就好像她能嗅出香水中每一絲花精的味道一樣。那些紙張中的麻棉籐竹稻麥芙蓉皮等等的香味層次，那墨色印塗在宣紙高麗紙羅文紙淡黃書紙的文字傾訴，毛邊的西洋古紙外包羊皮燙金舊卷夾混在雙疊中國線裝古籍……忽然感覺這個小小的客廳，就是文化精華的煉丹臺。

她想起繼園臺的那些日子，放學回家，總喜歡看著母親安靜地坐在沙發上，泡著一杯清綠茶，悠閒地看書。美人總會放下書包靠在母親身旁，感覺她的溫暖，她也會輕輕地撫摸著美人的手，說些關懷的話。假如沒有子明的出現，繼園臺的日子是否會永遠？但是建萍終究和子明走了。她覺得兩人怎可如此背叛她，無可原諒。她也詫異自己的無情，四十年可以不見她的親生母親。但是建萍怎也可那樣無情，離開父親只為打碎了她的那瓶瑪莉安東尼。她們母女倆真夠狠心，或許根本就是遺傳。也可能是愛與恨的種子。很仲夏的影子。

六十多年漫長的歲月，和母親在一起的時光加起來也不過是四千多個日子。虞美人對母親的了解可是少之又少，甚至乎比曾經替自己扯皮條的美寶夫人都不如。至少她知道美寶夫人在二戰時期的故事，怎樣罔顧國仇家恨和德國軍人轟烈地戀愛，戰後又怎樣受審叛國歷盡污辱，之後如何東山再起，一本花譜二十年後又令她重新站在時尚社會的尖端。這種種的一切，美寶夫人都有本本相冊，紀錄下她的光輝或不光輝的日子。在巴黎的火爐前，美人也曾依偎在美寶夫人的肩膀上，聆聽她的故事，彷彿閱讀流行小說的種種。然而母親從來沒有一本相簿寫下她的以往，她總是淡淡地說，都是過去的事，提來有什麼用。

即使離開美寶夫人以後的日子，美人還會保持與夫人的聯絡。沒有一個人知道她在巴黎時期的所作所為，但是每逢佳節和夫人的生日，她都會寄張賀卡或是送個小禮。她絕不會去探訪夫人，夫人也明白，這只不過是力爭上游的美麗女孩人生中的小污點，不提也罷。

只不過在這一刻，美人狠狠地責備自己，怎麼可以把自己一向追求高風亮節的母親和一位錦衣玉食的鴇母相提並論。即使是四千餘個相依為命的日子，也比不上六個月紙醉金迷的夜晚。母親沒有留下任何照片，是因為顛沛流離，是因為從來沒有把自己放在第一位。在以往的社會，是應該被尊重。

母親從來就很獨立，一個人離鄉背井漂流到臺灣，即使遠離自己的父母和家鄉，也從來沒想念過他們。真正的痛苦倒不是沒有經歷過顛沛流離的逃難，而是滿腦子救國救民的浪漫思想卻從未離開過，最終成了奢侈品的買辦。國民政府遷都重慶，接著就是抗日的開始。她和四位女同學也以天下為己任，到處籌款捐送資源，做得十分出色，宋家三姊妹還接見過她們。多年之後，建萍時常反問，年少的理想與奉獻是否只是尋找大時代感覺的一種衝動？那個炮火滿天的時期對陷於水深火熱的同胞，是否只是刻骨銘心的一種苦難。

勝利之後到了南京，方才讀完大學，卻又跟著國民黨的大軍轉來臺灣。母親曾經打算獨守終身，將自己奉獻給國家和教育。五十年代的一個晚上，她被警備司令部找去問話，原來國民黨對她的進步思想頗有疑問。在那段被監視的時期，她有一種非常難耐的寂寞。但也不知為什麼會嫁給父親，因為她並不愛父親，只不過父親在他的權力可以達到的範圍下保護她，那是臺灣「反共抗俄」的白色恐怖時期。其實母親很感激父親那天晚上打碎了她的瑪莉安東尼香水，給她一個藉口可以一去不回。

母親告訴美人，每當在街上看見胖嘟嘟的娃兒們，就會想起襁褓中的她，多麼可愛又有希望，多麼期望這娃娃長大後可以做一切她做不到的。想起自己當初被監視的苦悶與恐懼，當她一個人來到香港，決定無論如何也要把女兒帶到一個屬於自由的地方。尤其當她看到一連串令她振奮的新中國的電影，她的前進血液又再次燃燒，思想已完全被統戰，孰知中國又開始了「文化大革命」。把女兒接來團聚時，正是香港的六七「五月風暴」之後，似乎是另一個動盪的開始，另一個逃難的時期又將來臨。

在她私自的沉默裏，經過暴動的街頭，看到那貼滿大字報的督轅府，聽見遠處的爆炸聲及槍聲，等待宵禁的來臨，都帶給她一種似曾相似的革命感覺。建萍不怕亂世，她一直想奉獻自己來改造社會，卻又逃不過舒適生活的誘惑，從沒料到會做委托行的買辦，妥協在西洋資本主義的腐朽中。虞太太從來沒有梳過雞窩頭，這是她不願與虛榮妥協的唯一的表現。她不是一個只要替女兒尋求安樂舒適的普通母親，她要女兒在亂世中長大，就像自己當年抗日戰爭一樣。當所有的人都想逃離香港的時候，她把女兒接來這虎穴。沒想到女兒比自己更小資產階級，居然書都還沒唸完，就已做了模特兒登上浮華的雲梯。然而這一切，卻也是自己一手造成的。

母親從廚房端了茶出來。還是以往的短髮，已成銀白，土布印花的旗袍，看來就是自己精細的手工。沒有脂粉的臉，卻怎樣也看不出年齡，沒有任何首飾的陪襯，更顯出她的出塵與獨立。母親坐下撫摸著女兒的手，美人留意到母親那雙充滿經歷的手，有種衝動想把手指上的戒指除下送給母親，卻怕那閃爍的寶石破壞母親獨特的氣質。美人望著二人緊握的兩雙手，忽兒有種遲暮的感覺。

美人更想知道沒見到母親的那些日子，她是怎麼過的，看了些什麼，聽了些什麼，吃了些什麼，又愛了些什麼。母親說都在寄給她的信裏。美人有點愧疚，這些年來母親寫的信一封都沒看過。二人沉默半晌，母親的手掌一直沒離開美人的手心。母親拿了一張老舊的照片給她，說是做學生的時期跟隨青年護理隊上昆明勞軍，看了王人美的抗日話劇，好不容易討得了一張她的簽名照，留在重慶。八十年代，同學隨四川水利考察團帶來巴黎，以為她仍在乎，殊不知她已改變。母親把這照片留給美人，因為她曾想替女兒取名「虞人美」。講著講著，二人又想起繼園臺模特兒時期《蘇絲黃的世界》偷來的那個「美玲」。

秋天的斜陽從窗外射進，把整個客廳渲染的好像黃金一樣的顏色。門鈴響了兩聲，母親說子明回來了。子明回家自不須按鈴，這日下午外出，也是特意讓她們母女好好見個面。美人聽到鈴聲，忽然心如鹿撞。事隔多年，子明又會是怎麼樣？她已不記得子明當初的樣子，但是暗地裏總是希望他憔悴，或者寡歡，因為他得到的不是她。

打開門進來的是位一頭銀髮，內容出眾的學者。背站在金黃色的陽光下，還是那樣挺直，還是那麼迷人。子明對美人說聲妳好，就走向窗前的母親，很法國的吻了母親的雙頰，二人還是親愛。兩人轉身望著虞美人，在陽光的背影中像座鎏金的雕像。他們這一生一世就把這個房間裏的所有書籍，用一種不可言喻的愛將它們溶在身形裏。那些文字的美麗，思想的拓豁，詞彙的複雜，造就了莎士比亞但丁羅曼羅蘭詹姆士哉斯李白杜甫曹雪芹魯迅沈從文……這些文豪詩人的文字思想與詞彙，也造就了今天他們倆。

美人想起小時眷村李媽對她講的故事：話説遠古時代一個官宦家族，救養了一雙崑崙奴[2]夫婦，照顧他們的小兒子，之後傷癒離去。後來這個家族發生了巨大的變故，迅即家破人亡，忽然有雌雄二俠救了整個家庭。原來一雙崑崙奴是世外高手，下山報恩，功成身退後，立即消失江湖。孩子長大了後，非常思念這對夫婦。事隔經年，某天來到崑崙山下，遇到一對男女，恩人相遇，相貌如昔，上前相認，短暫相聚，又再分離。

1—美麗島事件— 一九七九年十二月十日，《美麗島》雜誌社成員在高雄舉辦遊行，訴求民主和自由，期間出現激烈衝突，被警方以催淚彈及鎮暴車鎮壓。之後大批非國民黨籍黨外人士遭到拘捕並被軍事法庭審判，「美麗島大審」引發全球關注。事件令臺灣民眾開始關心政治，開啟了臺灣民主化發展，國民黨在壓力下逐漸放棄專政，更解除維持了三十八年的戒嚴令。而事件相關人物，如施明德、呂秀蓮、陳水扁、蘇貞昌等，後來均成為民主進步黨的核心成員，在臺灣政界持續發揮影響力。

2—崑崙奴— 印度半島及南洋群島古稱「崑崙」，唐代流行徵用土著為奴稱「崑崙奴」。虞美人童年聽得之故事，世外夫妻高人來自崑崙山脈，為眷村李媽杜撰，有別太平廣記唐人傳奇中之「崑崙奴」。

生命樹

人孰無過？月圓必缺。即使讓她再活一遍，她寧願背著受創的苦痛，來換取莫名的心動。

日子並沒有因為大衛離去而停止。莎莉還是虞美人最好的朋友，陪著她五湖四海到處遊蕩，吃好的穿好的看好的聽好的，什麼都要好的。

美人的情緒有時特別的高，就會說，今天大衛陪在我身邊。有時稍微傷感，也會自言自語，怎麼大衛還沒來呢？莎莉不准美人喝下午茶的時候提起大衛，說，這樣老是感覺有個鬼魂在身旁，會起雞皮疙瘩。美人說，有個鬼魂在身旁，那是我兒子，最好不過。莎莉說美人變態，卻又親熱地抓著美人的手，曖昧地說，我就喜歡妳變態。然後眼睛飄向不遠之處兩位俊男，說：妳喜歡哪一個？美人笑道，莊重點，這裏是香港，我們還是有些名譽地位耶。況且這兩個小男孩比我的兒子傑米還年輕。

傑米當然有時也責怪母親忘不了大衛。責怪母親過分浪漫的保存了大衛睡房的原貌。也不喜歡母親有事沒事就往大衛的睡房走，好像當他還在一樣。傑米更不滿意大家從來不提大衛是同性戀和染上愛滋病的事實。傑米覺得不只這個家庭，幾乎整個社會都不敢面對真實，或是不敢真實面對。

虞美人就在介乎真實面對與面對真實的掙扎下，也平安快樂地過了好些日子。直到一天在往東京的飛機上遇見一位昔日同學，夫妻倆說是趕去紐約參加女兒的婚禮，美人問新郎是中國人還是外國人？同學說新郎是個女孩，也是香港人，在紐約做律師，今年二十八歲，很喜歡音樂網球等等。美人望著同學說話的神情，羨慕她的豁達，她的自由，還有她語氣中的快樂與驕傲。頓時了解她虧欠大衛一份自己的快樂與驕傲。很奇怪，她忽然在飛機上把自己從來不曾說過的感覺，都告訴了舊同學。從那時開始，知道自己要清理昔日的一切，重新生活。

墨西哥的先知不是預言二〇一二年十二月二十一日是世界末日？雖然日子已過，末日尚未來臨，她肯定明日之後還是美好的。回到旅館，翻開《聖經》的《啟示錄》，仔細閱讀，求個平安，卻見上面寫著：

在末日來臨前，有七封信交給七個教會，在開啟七個印信之後有七個天使吹著七個號角，倒下神憤怒盛滿的七個金碗，就是末日大災難的來臨。

但是祂又道來：

在河的這邊與那邊，有棵生命樹，生產著十二樣果子，每月都會開花結實，還有，樹上的葉子可為萬民治病。

這不就得了，明日之後希望還是有的。明日之後，她還是希望人們記得當年自己素顏拍的環保公益廣告：「請節約用電。」明日之後，倘若這個廣告可再來一次，她會更簡潔地說：「請節約。」

想到昨日之前，美人的內心還是充滿了感恩。

感謝父母帶她來到這個世界。感謝在一個樸素的眷村度過童年。感謝看著一個百業待興的城市走向太平盛世。感謝在幸福滿溢的社會仍能心存謙卑。感謝她朋友們的真誠與虛假。感謝兒子們的陪伴，不管在與不在。感謝丈夫的支持，不管愛或不愛。

人孰無過？月圓必缺。即使讓她再活一遍，她寧願背著受創的苦痛，來換取莫名的心動。她感謝家暉與子明，在她還沒有找到真愛之前出現，傷害她的心靈，讓她堅強，做好準備來迎接還沒有出現的真愛。只是這準備的時間稍微太長。美人感謝大衛說她還沒有遇到真愛，她知道大衛找到了他的真愛，卻帶給他最終的滅亡。這不是她期望看到的結局。她寧願看著大衛老去，而不是在自己記憶中永不長大。

她終於把大衛的睡房改成自己的書房。或許她會答應陶傑客串那部《五月風暴》的電影，畢竟那是屬於自己的年代，只是想知道自己在影片中的年齡。或許真像他說的，女神是沒有年齡。

或許她會找到蘭姨，告訴她自己在浮華的世界裏的滄海桑田，向她說些感恩的話語。或許也會問下蘭姨，她那帥哥山地司機和「五月花」女郎及她肚子裏的孩子的故事。不知什麼原因，她一直記得那戴雷朋的司機姓侯。時至今日，他可能已經有個原住民的姓氏，但是虞美人總覺得那孩子就是個調皮搗蛋的男孩，應該叫小侯，小自己十六歲，今年也要四十出頭了。

想到繼園臺的梅太太若果仍然健在，今年也要九十好幾，他一定健在，可能真的變了女的，這個年頭沒什麼不可能不可以。或許，她和莎莉變成情侶，不，那決不可能，即使那麼多年，莎莉還是有狐臭。或許她會遇到一個人，真正的戀愛，在這個黃昏的歲晚。

於是她在明日之後，自己一個人，誰也沒告訴，坐著經濟艙到南非自由行。登上世界最南的好望角燈塔，在最頂的 Cape Point 居然不約而同碰上莎莉全家。世界真大卻又極小。晚上回房打開電視，香港的元旦遊行又上了世界新聞，看到焚燒五星旗，看到飄揚港英旗，想著傑米一定在人群中，想著自己曾勸傑米安分做個中國香港人，想著自己多麼慶幸做過中華民國人和香港殖民地人。

想到這裏，虞美人闔眼默禱，為所有人祈福。

二〇一二年初稿
二〇二〇年定稿

那天子明打完球，換好衣服，離開香港大學的時候，大約是下午四點半。

後記

《芳華虛度》是二〇一二年為《壹周刊》專欄「樓上畫家」的開篇。不自量力想用短篇章回方式從上世紀五十年代開始之後的六十年中，寫出自己在「中港臺」三地的追憶似水流年。當時每星期交稿一千六百字左右，練下筆力，配上馬明畫作，看看是否真的可以像毛姆形容「文章下筆要像電報」。結果寫了五十九個禮拜的斷斷續續故事，發現自己真不是作家的料子，自然不敢結集出版。但是又捨不得這一年多花下的心血，就將其中三篇改編成電影《繼園臺七號》。電影改變一切。

於是把七、八年前的舊稿翻出來，看看是否值得結集，居然發現尚有許多沒能寫完的感情。以往可能由於篇幅的限制，未能暢所欲言，如今則可嬉笑怒罵，任君胡作非為，一發不可收拾。於是開篇的

《芳華虛度》馬上由一千七百字加幅到四千二。往後的文章也有些許調動。因為有了電影才有這本小説的出版，所以主要的三篇《青春夢裏人》、《金屋淚》和《春風沉醉的夜晚》反而變成了開篇，特別標題「繼園臺」。最初的劇本有一段十年前的回憶，改寫之後就是《眷村的瑪麗安東尼》，大家管它叫《虞太太前傳》。這瓶瑪麗安東尼香水在小説中出現過兩次，雖然重複，但是寫法不同。至於其餘的篇幅，有些填補了形容，有些原封不動，有些則兩篇拼成一篇像《流金歲月》，還有三篇拼成一篇的《追雲》。文字中有許多對楊凡電影作品的自我推廣，諸如《海上花》、《流金歲月》、《美少年之戀》等等，千祈見諒。

重寫後的文章，筆觸以及人物的布局、故事的情節都沒有很大改變。改變的是加入了許多諷刺的情節，許多人物心裏的自我批判。譬如《壹周刊》時期，生日宴的地點是時尚的「八部半」，上流社會知名餐廳也不需多加形容詞。加油添醋之後，餐廳的名字改為虛構的「七號皇廷」，帶寫出香港法律界戀殖情結。然後由「美的代言人」虞美人打開內心深處，唯美解剖自己的污點來尋求自我解放。是的，《芳華虛度．繼園臺》並沒有重寫當年的「樓上畫家」，內容仍然無忘初心，只不過加多了自我批判。這些自批和自省彌散在真假之間，似乎又和唯美的距離拉遠了一些，內容則更加著重於真真假假的後現代虛幻意境。

又讀了一次董衡巽寫的《海明威畫傳》，多麼偉大的一個文學家！但是在《芳華虛度》一文中，卻被調侃成為「毫無折扣的機會主義者」。這是否作者的觀點？還是諷刺入世不深而又自信十足的年輕人看法？其他還有許多的看法：虞美人對三首國歌在三個不同年代的三種不同看法。對「香港人」定位的看法。虞媽媽對「大時代」與「亂世」的看法。大衛與傑米兄弟對長輩距離的看法。莎莉對機會的看法。還有許多沒有看法的人的看法，譬如說麻將臺上的四大美人瑪麗亞茱迪安妮德烈莎。有些以為沒有看法的人，其實很有看法，就像那個帶著雷朋的侯司機。

小說中的場景，譬如臺灣嘉義的眷村，臺北中山北路的委托行，香港上中環乘電車到北角的景致，已經拆卸的告羅士打行香港酒店，安樂園大廈，萬宜大廈的紅寶石，希爾頓酒店雀巢夜總會，香港會等等，還有如今面目全非的皇都戲院。然後場景跳躍到七十年代的巴黎楓丹白露，八九十年代的倫敦和劍橋，費里尼的羅馬……等等又等等。筆觸形容似是而非，確實也是筆者自身經歷或者走過的路。故事中出現的主角，虞太太虞美人蘭姨子明莎莉大衛傑米梅太太美寶夫人也確實都是周邊人物，都有原型與混合體，但是最後呈現的應該就是作者精神分裂之後的自戀鏡中人。至於許多真實的人物，陶傑潘迪華葉楓劉娟娟高永安等等所言所行，雖屬虛構，也都曾經徵求過彼等意見和同意，無傷大雅，藉以增添虛假的真實性，別有層次。至於時裝大師在他巴黎馬戲街寓所對法國總統府的形容，則是百分百出自皮亞卡丹的口中。

原本小說中的人物就不是很多，這次結集的版本只添多了兩位夫人。一位是繼園臺的鄰居梅太太，這是在改編成電影劇本時，為了豐富故事情節添加的人物。在影片中甚為搶鏡，真是捨不得把他省去，但是又不能把他描寫得像影片中一樣過份有趣。現今前後穿插，也還妥當。另一位則是虞美人在巴黎遇見的美寶夫人。這位巴黎上流社會鴇母角色著墨不多，但是自覺有神來之筆。尤其虞美人巴黎探母之際，忽兒想到美寶夫人，將二位老太太相提並論，內心的感觸雖然三言兩語，實則感慨萬千。

這本是一個兩代母女矛盾與寬恕的故事，兩代母子愛與補償的故事。雖然這些真假人物的遭遇各有不同，最後總是融匯在作者本人的分裂性格表現主義中。說的也對，他們每個人的對白動作或者自我批判，其實都是作者假借他們的言行，來一個人格分裂的大表現。

九十六歲黃永玉先生，曾經冠吾「政治嬰兒」美名。但是打開二〇一二年的《芳華虛度》版本，不是抗日戰爭，就是白色恐怖，鬧完釣魚臺，再來一個美麗島事件，自然少不了「六四」，還要有國民教育，焚燒中國旗，飄揚港英旗，做完中華民國人，殖民地香港人，之後還要做個道道地地的中國人。不要緬懷女皇御用大律師的皇氣，踏實地做個資深大律師……這些多年前的點點滴滴，居然都是點到為止的觀點與角度，但是又好像當下的話題。寫到這裏，只想說一聲，這只是一本為了取悅自己而寫的書，充滿了自我表現，充滿了性格分裂，取悅不了他人，起碼樂了自己。

八年前在《壹週刊》以《生命樹》終結，一字不改，原文照登：

晚上回房打開電視，香港的元旦遊行又上了世界新聞，看到焚燒五星旗，看到飄揚港英旗，想著傑米一定在人群中，想著自己曾勸傑米安分做個中國香港人，想著自己多麼慶幸做過中華民國人和香港殖民地人。

想到這裏，虞美人闔眼默禱，為所有人祈福。

寫到這裏，希望大家為我們的香港，祈福。

楊凡於二〇二〇年元旦

美麗、浪漫、非政治的少年記憶，如在夢中。那是我們的黃金歲月。

跋　古蒼梧

芳華虛度

楊凡

繼園臺

責任編輯　趙寅
書籍設計　姚國豪

出版　三聯書店（香港）有限公司
香港北角英皇道四九九號北角工業大廈二十樓
JOINT PUBLISHING (H.K.) CO., LTD.
20/F., North Point Industrial Building,
499 King's Road, North Point, Hong Kong

香港發行　香港聯合書刊物流有限公司
香港新界大埔汀麗路三十六號三字樓

印刷　美雅印刷製本有限公司
香港九龍觀塘榮業街六號四樓A室

版次　二〇二〇年一月香港第一版第一次印刷

規格　特十六開（145mm × 210mm）二一六面

國際書號　ISBN 978-962-04-4592-7

Published & Printed in Hong Kong

三聯書店
http://jointpublishing.com

JPBooks.Plus
http://jpbooks.plus